OEUVRES

COMPLETTES

DE

M· LE C· DE BERNIS·

OEUVRES

COMPLETTES

DE

M. LE C. DE BERNIS,

DE L'ACADÉMIE FRANÇOISE.

Nascuntur poëtæ.... Cic.

TOME SECOND.

A VIGNON,

Chez Jean-Albert JOLY, Imprimeur-Libraire.

1811.

RÉFLEXIONS

SUR LES PASSIONS.

AVERTISSEMENT.

Nous naissons tous avec des passions : la différence des états et des tempéramens empêche qu'elles n'éclatent avec la même vivacité. Ainsi tous les cœurs enferment en eux les principes des passions : le hasard de l'éducation et de la naissance s'opposent à leurs effets, sans en détruire la nature. Je me suis proposé depuis long-tems de les approfondir, et d'écrire sans beaucoup d'arrangement toutes les réflexions qui naîtront de mon sujet. L'amour est la premiere passion qui se fait sentir : on peut même dire qu'elle est la plus générale. Les bornes de son regne sont celles de la nature ; sa durée sera celle du monde : ainsi je ne pouvois, sans renverser l'ordre des choses, écrire sur les passions, et ne pas ranger l'amour à la tête de toutes les autres.

A 2

LETTRE

A MADAME LA C. DE***.

Vous voulez savoir, madame, ce que je pense sur l'amour : c'est vous exposer à entendre tout ce que vous faites sentir. Pourquoi demandez-vous à être éclairée sur votre ouvrage ? Ne vous siéroit-il pas mieux de deviner mes sentimes, que de me forcer à les développer ? N'importe, je ne vous refuserai point le plaisir malin que vous cherchez ; et tantôt en philosophe, tantôt en amant, je vais consulter mon cœur : j'écrirai sans art et sans méthode ce qu'il me dira de l'amour. N'attendez pas qu'il m'en parle toujours avantageusement : vous savez trop combien j'ai sujet de m'en plaindre ; mais ne croyez pas aussi que par vengeance je cache des grâces que vous faites si bien sentir. J'exposerai ses défauts et ses vertus ; et par-là, madame, je trouverai le moyen de vous donner des leçons, et en même tems de vous faire ma cour. Je souhaite que mes réflexions soient dignes de vous, de l'amour et de moi, et que dans cent ans et plus nous nous retrouvions tous trois ensemble.

.Il faut avoir un cœur pour savoir aimer;
les sens ne suffisent pas. Le tempérament
conduit par l'esprit, peut mener jusqu'à
l'amour. Nous naissons tendres ou voluptueux; la nature donne à tous les cœurs
un goût pour le plaisir, et quelquefois un
penchant inévitable vers l'amour. Ce sont
les heureux qui reçurent avec ce goût piquant du plaisir, la délicatesse fine qui
l'assaisonne. Mais les ames que l'amour a
choisies pour aimer, doivent passer rapidement et sans relâche, des grands plaisirs
aux grandes peines. Leur agitation sera
toujours nouvelle et toujours extrême.

Connoissez-vous un feu qui prend toutes
les formes que le souffle lui donne, qui
s'irrite, qui s'affoiblit, selon que l'impression de l'air est plus vive ou plus modérée ? Il se sépare, il se réunit, il s'abaisse,
il s'éleve; mais le souffle puissant qui le
conduit, ne l'agite que pour l'animer, et
jamais pour l'éteindre : l'amour est ce
souffle, nos ames sont ce feu.

Il est des climats où l'amour regne par
choix; un beau ciel, un air tempéré, des
campagnes fécondes et riantes, attirent
l'amour, et semblent l'avoir fixé. Son temple est par-tout où la nature est belle : fils
docile est reconnoissant, il suit en tous
lieux sa mere. La fontaine de Vaucluse, le
tombeau de Laure, les rives du Lignon,
sont les lieux charmans qu'il habite : les

déserts de la Sibérie ; les glaces éternelles
de la Norwege , sont les théâtres affreux
de ses exils ; ils ne furent jamais le siege
de son empire. Un Provençal , un Portu-
gais naissent amoureux : un Lapon commence par être brutal : il peut devenir emporté , mais jamais tendre. La beauté et la
richesse d'un climat prêtent infiniment à
la douceur des mœurs ; la tempérie de l'air
influe sur les caracteres. Il faut être doux
pour être amant ; mais la vivacité n'ôte
rien à la tendresse. Les amans véritables
ressemblent aux fontaines abondantes ; elles
sont vives , mais elles sont douces.

Il n'est rien de si commun que de parler
d'amour ; il n'est rien de si rare que d'en
bien parler. Le cœur qui le sent , le définit
bien mieux que l'esprit qui l'imagine. De-
mandez à un amant ce que c'est que l'a-
mour : Sentir et desirer , vous répondra-
t-il en deux mots. Mais ses yeux , sa physionomie , tout en lui vous expliquera sa
définition. Un homme d'esprit pourra vous
répondre la même chose , sans vous éclairer
de même. En un mot , un amant qui parle
d'amour , vous en fait éprouver les mouvemens ; l'homme d'esprit ne vous les fait
qu'envisager.

J'ai aimé : mon silence avoit appris à
ma maitresse ce que je devois lui dire ;
j'allois parler , elle m'avoit déjà entendu.
On ne se trompe point sur un amour véri-

table. Il s'éleve en nous , en la présence de ce qui nous aime , une voix secrete , un mouvement involontaire qui ne trahit jamais. Nos cœurs se connoissent encore mieux en amour , que nos yeux aveugles et insensibles sur les dehors affectés : rien de feint, rien d'apprêté ne les touche , la passion seule peut arriver jusqu'à eux. L'esprit n'est pas de même ; il se trompe sur tout ce qui le flatte , et souvent il entraîne le cœur sans le persuader.

La coquetterie sauve ordinairement les femmes des grandes passions , et le libertinage en garantit presque toujours les hommes. Il faut penser modestement de soi-même pour aimer sincérement ; il faut être sage pour aimer long-tems : la plupart des femmes se rendent, et n'aiment point : le grand nombre des hommes jouit sans s'attacher. Les amans véritables n'ont d'autre vanité que celle de s'être enchaînés mutuellement , et d'autre plaisir que celui de jouir de leur défaite.

Un amour ordinaire est la plus foible de toutes les passions. L'espérance du plaisir le soutient , son approche l'affoiblit, son arrivée l'anéantit absolument. Tout est complaisance, tout est sacrifice dans une passion médiocre. On flatte une maîtresse, on approuve ses goûts , mais on ne sauroit les prendre. Un amour foible ne devroit durer qu'un jour : la bienséance et les égards en font un martyre.

Une véritable tendresse , un goût éprouvé , un goût sincere et réciproque commande à toutes les autres affections de
l'ame : c'est un embrasement qui consume
jusqu'à leur racine ; et si le véritable
amour ne détruit pas toutes nos passions ,
il en fait du moins ses esclaves : il leur
commande avec autorité , elles lui obéis-
sent sans résistance.

Le monde , aux yeux d'un amant , ne
conserve jamais la même face : il change
avec l'état de son cœur. Est-il heureux ?
tout est riant , tout est tranquille ; la nuit
devient plus belle mille fois que le jour ,
ses ténebres sont des voiles charmans où
les plaisirs se cachent pour séduire ; son
silence devient le langage du bonheur même;
tout est animé : les saisons amenent de
nouveaux plaisirs avec de nouveaux jours ;
l'univers enfin devient le théâtre de la félicité. Est-il malheureux ? les élémens sont
bouleversés ; le jour n'est plus qu'une nuit
funebre ; la pointe des plaisirs devient celle
de la douleur ; ce n'est plus cet air pur ,
cette nature riante et parée ; le caprice
d'une maîtresse a renversé ce bel ordre ;
c'est un nouveau ciel ; ce sont d'autres
étoiles.

Le monde est bien petit aux yeux d'un
amant. Sa maîtresse , les habits qui la touchent , le lieu qui l'enferme , l'air qui l'embrasse ; voilà le monde entier , voilà le
vaste univers.

Si tous les hommes étoient amans, les sociétés ne seroient composées que de deux personnes, de celui qui aime, et de celle qui est aimée. De tous les liens qui nous unissent à nos familles, à nos amis, à nos intérêts, à notre gloire, à nos plaisirs, l'amour ne fait qu'une seule chaîne, qu'il attache fortement à notre cœur, et c'est la main de l'amante qui la gouverne.

Aimer, c'est n'aimer rien du tout ce qu'on chérissoit dans l'indifférence : aimer, c'est prendre l'esprit de sa maîtresse, et penser d'après elle ; c'est voir par ses yeux, sentir par son cœur ; en un mot, c'est changer de naturel, et devenir tout ce qu'elle est.

Passion terrible et emportée qui obscurcit la raison, qui la fait servir à nos fureurs, qui la force de déifier nos folies ; passion noble et généreuse, qui réveille en nous l'amour de la gloire, la probité endormie, la délicatesse émoussée. L'amour enfin n'a point de formes : mais il est capable de les prendre toutes. Ses vertus et ses vices lui sont également étrangers. L'eau retient la figure du vase qu'elle remplit : nos maîtresses nos rendent tout ce que nous sommes.

Vous, qui êtes appelés au gouvernement des peuples, fuyez l'amour. Nés pour commander, vous serez esclaves, et si l'objet qui vous séduit n'est pas l'image de la vertu, comme il est à vos yeux celle de la beauté, vous verrez chanceler votre trône : peut-être serez-vous écrasé sous ses ruines. L'amour n'est fait ni pour les rois, ni pour le peuple : les rois ont trop de devoirs, le peuple a trop de besoins. L'amour est le seul bien qu'on ne peut apprécier; l'amour est le seul mal auquel on ne trouve point de remede. Peignez-le comme un monstre dangereux, représentez-le comme un Dieu bienfaisant, vous le trouverez tout entier dans l'un et l'autre de ces portraits.

Aimez une femme qui ne sera que belle, votre amour finira. Les grâces, les agrémens du corps sont limités; la mesure de votre curiosité sera celle de votre tendresse. Joignez de l'esprit à ses charmes extérieurs, à ses charmes que la jouissance détruit, vous les verrez se multiplier, se répandre et s'animer à chaque instant. L'esprit est à la beauté, ce que la rosée du matin est aux fleurs. Mais si vous découvrez entre l'esprit et les grâces, des caprices, de la bizarrerie, de la vanité, de la jalousie, de l'humeur, fermez les yeux sur vos occupations et sur vos devoirs; je vous le prédis, vous aimerez toute la vie. C'est jouir de trois personnes en une seule, que d'avoir une maîtresse qui rassemble les agrémens, l'esprit et les caprices.

La dispute des brunes et des blondes a

été inventée par les voluptueux ; les amans ne sauroient la décider : les uns choisissent avec réflexion, les autres aiment sans délibérer. Ce ne sont pas précisément les beaux yeux noirs et les beaux yeux bleus qui renversent les têtes, qui troublent les cœurs ; ce sont ceux qui parlent le mieux le langage de notre ame : la beauté plaît, la physionomie entraîne.

La jalousie est l'aliment et le poison de l'amour. C'est elle qui fait les amans délicats et les maîtresses emportées. Quand elle est douce et modérée, on ne l'entend se plaindre qu'avec retenue, on ne la voit soupçonner qu'avec précaution : aussi enfant que l'amour, elle se joue avec lui, et le corrige en badinant : c'est sous cette forme, c'est sous ces traits qu'il faut l'admettre dans un commerce tendre. Fuyez-la, quand, sur les pas des furies, elle se précipte un poignard à la main, quand elle gémit, quand elle crie auprès du tombeau qu'elle a creusé, et qu'elle mêle son sang avec celui qu'elle a fait répandre. Astrée inquiete est bien plus aimable que Médée furieuse. Il faut être délicat, et jamais jaloux : la délicatesse est toujours tendre ; la jalousie est souvent cruelle.

La plupart des hommes et des femmes se reprochent mal-à-propos leurs infidélités. Ils se juroient autrefois un amour vif, un amour que la sympathie avoit assorti,

Infideles à la vérité qu'ils attestoient alors, doivent-ils s'étonner aujourd'hui de devenir perfides en amour ? On n'aime guere dans le monde, mais on s'amuse. Parler sérieusement de l'amour, c'est tomber dans le ridicule. Cependant, aux yeux de la véritable probité, un amant et une amie infideles sont également méprisables. Cesser d'aimer par inconstance, est un défaut dans la nature : trahir ce qu'on aime, est toujours un vice dans l'amant.

~~~~~~~~

M. de B***, à qui une dame connue par sa beauté et son mérite, a demandé une définition de l'amour, lui répondit par ces vers :

Qu'est-ce qu'Amour ?

C'est un enfant, mon maître,
Et qui l'est, belle Iris, du berger et du roi.
Il est fait comme vous, il pense comme moi ;
Mais il est plus hardi peut-être.

~~~~~~~~

SUITE

SUITE

DES RÉFLEXIONS

SUR LES PASSIONS.

QUE de reproches ne m'a-t-on pas fait d'avoir écrit sur l'amour, et qu'il seroit long d'y répondre ! Pourquoi choisir une matiere épuisée ? pourquoi s'exposer à des répétitions nécessaires ? quelle manie enfin, m'a-t-on dit, de vouloir traiter un sujet aussi puérile et aussi dangereux ? Voilà bien des crimes ; voici peu d'excuses. Premiérement je voudrois écrire sur les passions ; il n'y a rien, je pense, d'extravagant dans ce projet : il me paroît que de commencer par celle de l'amour ou de l'avarice, est encore une chose très-permise. Mais il est des oreilles que le seul nom d'amour effarouche ; il est des hommes qui, par tempérament ou par vengeance, frémissent de l'entendre : que répondre à ces ames délicates ? Deux choses, c'est un malheur qu'on ait rangé l'amour au rang des grandes passions ; il est triste que la fantaisie me soit venue de l'approfondir. A l'égard des répétitions où j'ai couru risque de tomber, je demande si des juges censés condamneroient un peintre pour avoir représenté le soleil en plein midi, dans ce moment heureux où il semble éclairer la nature entiere, et briller généralement à tous les yeux.

Ce grand astre, dont la lumiere
Enflamme la voûte des cieux,
Semble, au milieu de sa carriere,
Suspendre son cours glorieux :
Fier d'être le flambeau du monde,
Il contemple du haut des airs,
L'Olympe, la terre et les mers,
Remplis de sa clarté féconde ;
Et jusques au fond des enfers,
Il fait rentrer la nuit profonde,
Qui lui disputoit l'univers.

– L'amour ressemble au roi des astres : il est connu, il est peint dans toutes les parties du monde ; et c'est cependant encore le sujet le plus heureux, le plus utile et le plus sûr de plaire. Le goût que nous avons pour la nouveauté s'étend moins sur les matieres que sur la maniere de les traiter. N'épuisons point notre imagination à créer un nouvel ordre de choses, approfondissons celles qui sont connues, peignons-les d'une main hardie ; et sans y penser, nous deviendrons de grands peintres, et des peintres originaux. J'ai une autre réponse à faire, et la voici. On me demande comment il est possible qu'un homme fait pour vivre dans le grand

monde , puisse s'amuser à écrire , à devenir auteur enfin : Je réponds que , s'il n'est
pas honteux de savoir penser , il ne l'est
pas non plus de savoir écrire ; et qu'en un
mot , ce sont moins les ouvrages qui déshonorent , que la triste habitude d'en faire
de mauvais. Mais du moins , dira-t-on ,
vous courez de grands risques. Sont-ils si
grands , après tout , quand on connoît ses
forces ? Quand on n'entreprend rien de trop
élevé , on peut entrer hardiment dans une
carriere dont on a borné l'étendue. D'ailleurs , je suis ennuyé d'être perpétuelle-
ment entraîné par ce que j'appelle le tourbillon du jour , je veux dire , cet enchaîn-
nement perpétuel de plaisirs , de devoirs ,
de jeux , de spectacles , qui laissent à peine
le tems d'être un moment avec soi-même ,
et qui communiquant à notre ame le trouble qui regne dans le monde , la rend in-
capable de saisir ses ridicules , et d'approfondir ses erreurs. Il faut que tout homme
d'esprit ait son observatoire , où tranquille
et n'entendant que de loin le tumulte séduisant de Paris , il s'accoutume à connoître les hommes en étudiant son propre
cœur. On pourroit conclure de cette réflexion , qu'observateur rigoureux , j'ai
tourné de bonne heure mon esprit vers
la satire ou la mélancolie : ce jugement
seroit bien injuste. Sans être heureux , mon
cœur est tranquille , et je laisse à mon ima-

B

gination le soin de mes plaisirs. Il est vrai
qu'en ouvrant les yeux sur la scene de ce
monde, l'ingratitude est le premier objet
qui les a frappés ; mais après quelques
momens de sensibilité et de douleur, j'ai
vu plus de folie que de méchanceté dans
les hommes, et je me suis accoutumé à
commercer avec eux, et à rire innocem-
ment de leurs extravagances. Tous mes
écrits annonceront cette façon de penser,
ou plutôt cette faculté de sentir ; je n'of-
frirai que des tableaux rians : une raison
aimable, une folie douce seront les Muses
que j'invoquerai ; et peut-être, par une
nouveauté qui ne peut être dangereuse,
je peindrai la vertu au milieu des plaisirs,
nous ouvrant des routes inconnues aux So-
crates. Si cette maniere d'écrire, simple,
libre, et souvent poétique, a le malheur
de déplaire aux écrivains sensés dont la
France abonde aujourd'hui, j'avouerai modestement que l'esprit de philosophie et de
justesse, qui s'est, dit-on, répandu sur le
siecle présent, n'a fait que passer rapidement devant moi, pour aller éclairer des
hommes infiniment plus méthodiques. Mais
malgré les progrès de la raison, il reste
encore dans le monde une troupe de fous
et de folles, qui crient à l'ennui, qui se
plaignent qu'avec tout le bon sens du
monde, on les fatigue, on les endort, qui
disent qu'à la vérité on écrit sagement

aujourd'hui , correctement même , mais qu'après tout , l'imagination n'est pas satisfaite ; qu'on voudroit bien s'amuser quelquefois aux dépens de la méthode , et qu'après avoir vu voler terre à terre les colombes , on aimeroit à se perdre dans les nues avec les aigles. Je connois, par exemple , une de ces aimables étourdies , à qui le ciel donna en imagination tout ce que les autres femmes ont en papillonnage , en babil , en coquetterie , dont l'esprit a la faculté de certains verres , je veux dire , celle de reproduire les objets jusqu'à l'infini. Une seule idée qui la frappe , en réveille une foule d'autres : polie avec les galans du monde , bonne et indulgente avec les sots , vive jusqu'à l'emportement avec les gens d'esprit , tranquille en apparence , son ame ressemble à cet argent vif et mobile , qui , au moindre mouvement , s'ébranle dans toutes ses parties. Présentez à une femme de ce caractere un livre pesamment écrit , et un amant sexagénaire , vous l'embarrasserez , je vous jure , sur le choix.

Ainsi , comme il faut plaire , autant qu'il est possible à tout le monde , je demande d'avance la permission d'écrire pour les fous de ma connoissance , bien résolu dans la suite de faire ma cour aux sages que je ne connois pas. J'appelle fous , tous ceux qui ont les passions vives ; et l'on peut remarquer qu'il seroit heureux pour les écrivains dans tous les genres, de les avoir reçues du ciel vives et bouillantes ; car le génie suit toujours les passions impétueuses. Me voilà entré heureusement dans mon sujet, dont je ne veux plus m'écarter.

Un Américain de mes amis, qui a de l'esprit et l'usage du monde, mais qui n'a pas perdu dans son commerce ce jugement sûr, cette hardiesse dans les pensées, et ce tour figuré dans l'expression, que la nature ne refuse pas même aux Sauvages, me disoit l'autre jour en lisant mes réflexions : Qu'entendez-vous par cet amour, dont on fait tant de bruit en France ? Quel est-il ce Dieu, dont Paris entier paroît être le temple ? Tous les arts s'empressent de consacrer ses miracles, et même ses erreurs ; le marbre s'anime et le reproduit ; la toile respire et fait sortir ses traits ; les théâtres retentissent de ses louanges ; la musique entraîne doucement les cœurs jusqu'aux pieds de son trône ; la poésie enflamme l'esprit, et le remplit de ses douces chimeres. Quel ennui dans vos sociétés, si cet amour vif et piquant ne vient folâtrer avec vous, s'il ne réveille la paresse de vos dames, et s'il cesse de présider à ces jolis riens qu'elles écoutent avec tant d'avidité ! Le desir de plaire, qui rend les Françoises si aimables ou si ridicules, est immortel parmi vous : il ôte depuis quinze jusqu'à trente ans l'envie, je dirai même, le besoin du repos. Qu'une jeune personne plaise au bal pendant douze nuits de suite, je vous jure que ses insomnies ne la changeront pas, et que sa vanité flattée fortifiera la délicatesse de son tempérament. N'est-elle plus aimée pour sa personne, elle voudra l'être pour de l'esprit, pour des mines, quelquefois même pour des grimaces : en un mot, il ne se met pas un ruban, pas une mouche dans le monde, que ce ne soit au nom de l'amour. Je remarque d'ailleurs que votre amour françois est l'ame du commerce ; que le Dieu des modes le suit ; qu'il invente tous les jours de nouvelles parures, tire des mines de nouveaux diamans, file de nouvelles étoffes, et broie avec adresse un fard imperceptible, et des couleurs moins étrangeres aux visages. Je ne vois rien enfin de si universellement répandu, de si généralement connu, que l'amour : et cependant, l'autre jour, une femme du monde de trente-cinq ans, à qui j'en voulus parler, me dit d'un air moitié dédaigneux, moitié innocent : En vérité, je n'entends pas ce que vous voulez me dire, j'ignore absolument ce langage. Comment ! tout se fait en France pour l'amour ou par l'amour, et vos femmes feindront toujours de le méconnoître ! Quel contraste ! Quel ridicule ! expliquez-moi, de grace,

cette bizarrerie : d'où vient, continuoit-il
de me dire, qu'en Europe, et sur-tout en
France, il faut, pour plaire aux femmes,
dresser un autel devant elles, brûler per-
pétuellement un encens qu'elles ne trouvent
presque jamais grossier, et de tous leurs
défauts faire autant de divinités qu'on adore?
Est-ce que réellement vous auriez parmi
vous une tradition qui promît aux jolies
femmes les apanages de la divinité? Ne
se croiroient-elles pas sérieusement des
déesses de la terre? Quel orgueil quand
on leur déplaît! quelle hauteur quand on
commence à leur offrir des hommages!
quelle vertu quand elles résistent! quel
étalage de sentimens nobles et délicats,
quand on commence à les ébranler! Non,
il n'est rien de si grand, de si fier, de si
vertueux en apparence, qu'une femme à
qui vous dites, je vous aime, pour la
premiere fois; mais autant sa résistance
semble-t-elle lui donner d'empire sur les
hommes, autant perd-elle de sa divinité,
quand elle cede à leurs penchans. L'appareil de vertu, d'insensibilité, de fierté,
disparoît, on découvre enfin les combats
continuels qu'elle a soufferts pour résister
fort peu de jours; on voit que sa foiblesse
n'étoit environnée que d'un nuage léger;
que ce nuage dissipé, il ne reste plus
qu'une nature aussi foible que celle des
hommes, mais plus inconstante, à la vé-

rité , et. plus dissimulée : on voit qu'on
doit souvent au hasard l'avantage de plaire
aux femmes ; que c'est peut-être en flattant
leurs défauts , qu'on les soumet ; que leur
vanité se nourrit des hommages les moins-
sinceres ; qu'elles sacrifieroient un amant
adoré , à l'orgueil d'être louées par un
grand prince , ou par un grand génie : en
un mot , je trouve que vos Françoises méritent d'être aimées : mais l'adoration ne
fait qu'éclairer davantage leur foiblesse.
Ah ! que dans nos climats l'amour est bien
moins comédien ! Il est parjure en France
cet amour ; il atteste à tout moment le
ciel et la terre : excessif dans ses promes-
ses , avare dans ses dons , emporté dans
sa colere , injuste dans ses soupçons , hum-
ble quand il demande , insolent lorsqu'il a
obtenu , dénaturé quand il s'envole , curieux et avide de nouveauté ; car , j'ose
le dire , si du fond des terres australes arri-
voit à Paris un grand seigneur médiocre-
ment bien fait , on verroit encore des bar-
ricades , et vos femmes se feroient la guerre
pour le conquérir.

Voilà les réflexions de mon Sauvage ,
qui me paroissent justes , et qui font sentir
à tout homme raisonnable , que ce n'est
pas dans le sein de la galanterie qu'il faut
chercher le véritable bonheur ; je n'en connois point d'autre sur la terre que la tran-
quillité : libres et maîtres de notre tems ,

c'est à la raison de nous éclairer sur nos
plaisirs : qu'elle se tourne toute du côté
de notre félicité actuelle, sans perdre aucune de nos vertus, par les progrès de
notre raison, nous compterons ceux de
notre bonheur. La piece de vers que je
joins à ces réflexions, les rendra plus
utiles, en les rendant sans doute plus aimables.

LE NOUVEL ÉLISÉE,

A M. DE ***.

Qui ne connoît ces lieux où l'abondance
A pour jamais établi son séjour,
Où la justice a placé l'innocence,
Où sans remords, sans soins, sans inconstance,
On vit en paix dans les bras de l'amour ?
Un fleuve heureux endort par son murmure,
L'ambition, la crainte, les desirs,
Et dans son onde on puise sans mesure
L'oubli des maux et le goût des plaisirs.
De ses vrais biens la nature parée,
N'y montre aux yeux que des fruits et des fleurs;
L'or est banni, la guerre est ignorée ;
Y pourroit-on ressentir des malheurs ?
Mais si ces lieux sont destinés aux sages,
Pourquoi chercher ce qui nous est offert ?
Sans pénétrer aux ténébreux rivages,
Vivons comme eux, l'Elisée est ouvert.
Ce ne sont point les plaines fortunées,
Les bois épais, le murmure des eaux,

Qui font couler nos heureuses années
Dans les douceurs d'un éternel repos.
C'est la raison qui rend les lieux aimables ;
Tout ici-bas lui doit ses agrémens :
Antres obscurs , déserts impraticables ,
Son seul aspect vous a rendu charmans ;
Palais des rois , vos cours ambitieuses ,
Seroient sans elle une affreuse prison ;
Repos , transports , heures délicieuses ,
Tous les plaisirs naissent de la raison.

Esprit des Dieux , soutien de l'Elisée ;
Sage Minerve , éclaire l'univers ;
Que par tes soins l'ame divinisée ,
Soit insensible aux grandeurs, aux revers :
De la vertu rends-nous la route aisée ;
Et pour jamais fais rentrer dans leurs fers
Les passions , ces filles des enfers.
Quitte un moment les campagnes fleuries ,
Où le Léthé , sur un char paresseux ,
Nonchalamment erre dans les prairies ,
Et de roseaux couronne ses cheveux.
Si tu réviens , la paix et l'innocence
Vont rétablir leurs autels démolis ;
Et confondus par ta seule présence ,
Tous les forfaits , enfans de la licence ,
S'abymeront dans l'ombre ensévelis.
Du haut du ciel nous reverrons descendre
Les plaisirs purs que goûtoient nos aieux ,
Le Dieu des ris qui mourut avec eux ,
Nouveau Phénix , renaîtra de sa cendre ,
Et parmi nous ramenera leurs jeux.
Mais toi, mortel , toi si digne de l'être ,
Esclave bas , né pour avoir un maître ,
Qui n'oserois écouter les desirs
Que dans ton cœur la nature fait naître ;
Toi, l'ennemi , le tyran des plaisirs ,
Veux-tu toujours gémir dans la poussiere ,

Verser des pleurs, traîner des fers honteux ?
Ose à la fin jouir de la lumiere,
Et deviens homme en devenant heureux.
Mais ce bonheur, ce vain éclat du monde,
Ressemble aux fleurs qu'enfante le printems :
Tristes-jouets de la Parque et du tems,
Nos plus beaux jours s'écoulent comme l'onde :
Et l'avenir, tel qu'une mer profonde,
Va sans retour engloutir nos instans....
Triste pensée où l'ame s'abandonne,
Nous plaisons-nous à grossir nos malheurs ?
   Si le plaisir, vainqueur de nos douleurs,
Eternisoit l'éclat qui l'environne ;
Si les remords ne fanoient point les fleurs,
Dont en tout tems sa tête se couronne ;
Et si l'ennui, qui souvent l'empoisonne,
A ses beaux yeux n'arrachoit quelques pleurs,
Dieux ! comme vous, nos ames immortelles
S'enivreroient des douceurs éternelles ;
C'est le plaisir qui vous ouvrit les Cieux :
Par le plaisir nous serions tous des Dieux.
Nés dans les pleurs, sujets à des disgraces,
Nos bons aieux ont coulé d'heureux jours,
Que la raison nous guide sur leurs traces,
Et qu'elle-même, animant mes discours,
Offre à nos yeux, avec toutes ses grâces,
Le siecle d'or, ce siecle des amours.
Là, sous les lois de Saturne et de Rhée,
La Paix, Thémis, Flore, Pomone, Astrée,
Avoient fermé le temple de Janus.
J'y vois par-tout la clémence adorée :
Forfaits honteux, vous êtes inconnus ;
Triste douleur, vous êtes ignorée.
J'y vois des champs conservés sans combats,
Des blés sauvés de la faulx des soldats.
J'y vois la terre enfanter des miracles ;
Et la nature attentive à nos vœux,

Ouvrit

Ouvrir son sein, répandre sans obstacles
Tous les trésors qui rendent l'homme heureux ;
Des biens acquis par un travail facile,
Et consumés par un usage utile ;
Des fruits pour mets, le printems pour saison ;
Des lits de fleurs, un antre pour maison ;
Les Dieux pour rois, la vertu pour noblesse ;
Point d'indigence, encor moins de richesse :
Sincérité, foi, constance, candeur,
Discrétion, simplicité, grandeur ;
Le monde entier pour commun héritage,
Egalité sans lois et sans partage ;
Tels sont les biens qu'on possédoit alors.
Ils reviendront : qu'on chasse de la terre
Cet intérêt qui meut tous nos ressorts ;
Qui fait la paix, qui déclare la guerre,
Dont la faveur allume nos transports ;
Mais qui bientôt se brisant comme un verre,
Perd les vivans, déshonore les morts ;
Ne laisse enfin que de tristes remords,
Et des forfaits punis par le tonnerre.
Qu'il pleure enfin ses temples abattus,
Temples impurs où régnoit l'injustice.
Pauvres en or, et riches en vertus,
Laissons aux Dieux le pompeux édifice
De nos palais ; et ne retirons plus
De ces rochers creusés par l'avarice,
Les vils trésors qu'y fait naître Plutus :
Nous reverrons enfin cet Elisée,
Si peu connu, si chanté dans nos vers,
L'impiété punie et méprisée,
Va replonger dans l'ombre des enfers
L'oubli des lois, l'erreur autorisée,
Et ces écrits capiteux et pervers,
Qui par les traits d'une éloquence aisée,
Ont ébloui le crédule univers.
　　Déjà je vois éteindre le bitume

Qui nuit et jour embrasoit nos fourneaux ;
Le fer se rouille, et la pesante enclume
Ne gémit plus sous le poids des marteaux.
La paix renaît au sein de la victoîre,
Et l'univers la reçoit à grands cris :
S'il en jouit, nos princes ont la gloire
D'apprendre aux rois à connoître son prix.
Mais quels objets frappent mes yeux surpris ;
Quel Dieu conduit les filles de mémoire !
Quelle clarté ! Quel sons harmonieux !
L'amour descend modeste et glorieux :
Non cet amour que révère Amathonte,
Dont les plaisirs sont suivis de la honte ;
Mais cet amour qu'Issé peint dans ses yeux,
Ce feu vainqueur, né d'une source pure ;
Qui se ranime au sein de la nature ;
Ce Dieu charmant, qui présente à nos cœurs
Des fers sans poids et des liens sans pleurs ;
Ce sentiment plus actif que la flamme,
Qui pour jamais unit l'ame avec l'ame ;
L'amour enfin, car son nom le peint mieux
Que tant de traits qui l'offrent à nos yeux.
Vivons, Issé, sous ses heureux auspices,
Et de nos cœurs offrons-lui les prémices ;
Contre le sort empruntons ses secours.
Si le passé, qui détruit toutes choses,
Nous a ravi le matin de nos jours,
L'instant présent fait naître assez de roses ;
Vivons, aimons et jouissons toujours.
Mais, si d'un Dieu la main impénétrable
Nous écrivit au rang des malheureux,
Sans condamner son dessein adorable,
Rapprochons-nous de ce rivage affreux,
Où le destin farouche, inexorable,
Dicte aux mortels ses arrêts rigoureux.
Nous y verrons, au gré de la fortune,
Les flots bruyans s'élever jusqu'aux cieux ;

Et plus cruels que les flots de Neptune,
Perdre les rois et les amis des Dieux.
Nous y verrons le sceptre et la balance,
Les vains lauriers que la gloire dispense,
S'évanouir sous ses funestes flots ;
Et dans leur sein, si fécond en orages,
Nous puiserons la constance des sages,
Et nous boirons l'oubli de tous nos maux.

RÉFLEXIONS

SUR

LA MÉTROMANIE.

LA manie des vers, dont on vient de jouer si heureusement le ridicule, en auroit beaucoup moins, si elle n'étoit devenue une passion presque générale. Les regles de la simple versification sont si faciles et si courtes, qu'il n'est presque personne qui, par paresse, ne s'accommode de ce genre de travail, et dont l'amour-propre ne le flatte d'obtenir en peu de tems les grands honneurs du parnasse, c'est-à-dire, un peu de fumée que l'orgueil grossit, et que le tems ou la nouveauté dissipent tôt ou tard. Il est difficile d'être jeune, et de vivre à Paris sans avoir envie de faire des vers. L'opéra, la comédie et les femmes, font plus de poëtes que les Muses; mais comme il n'appartient ni au théâtre, ni aux belles de donner du génie, il arrive aussi que les seuls poëtes, dont le nom se conserve, sont ceux qui n'ont eu d'autre maître et d'autre modele que la nature.

La critique n'a jamais été plus sévere, ni plus étendue qu'elle l'est aujourd'hui : il est tout ordinaire dans ce siecle de voir des enfans qui jugent, et qui jugent bien. On a dispensé la jeunesse du respect servile qu'elle rendoit aux jugemens de l'âge avancé : c'est peut-être une faute ; mais il faut avouer qu'elle est souvent heureuse. Nous sommes raisonnables cinq ou six ans plutôt que nous ne l'étions autrefois : introduits de bonne heure dans le monde, rien ne nous étonne aujourd'hui. La confiance que nous donnent l'expérience et l'usage, fait naître en nous de nouvelles idées, en nous aidant à développer celles que nous avions déjà. La timidité qu'on nourrissoit autrefois en nous jusqu'à vingt-cinq ans, pouvoit avancer intérieurement les progrès de la raison ; mais elle s'opposoit sans doute à l'essor de l'esprit, et à ce jeu de l'imagination, qui fait qu'on plaît et qu'on invente.

Avouons néanmoins que la liberté qu'on nous donne de bonne heure, de penser et de parler hardiment, peut bien contribuer à étendre le nombre des bons critiques ; mais aussi elle doit augmenter à l'excès le catalogue nombreux des mauvais poëtes. Tous les jeunes gens qui ont de l'esprit entendent dans le fond de leur cœur une voix flatteuse qui leur dit : Vous avez assez de hardiesse pour chercher des fautes dans le grand Corneille , et assez de goût pour les trouver et les rendre sensibles. La douceur, l'harmonie , le charme séduisant des vers de Racine , ne vous empêchent pas de sentir le petit nombre d'expressions foibles et prosaïques qui lui sont échappées : vous censurez avec discernement les juges même du bon goût ; et vous n'oseriez entrer dans une carriere dont vous connoissez toutes les fleurs et toutes les épines ? Ce raisonnement intérieur de l'amour - propre les ébranle , les séduit ; et si le hasard fait que , soupant avec Voltaire ou Crébillon , ils leur entendent réciter des vers ; s'ils sont assez heureux pour saisir finement leurs grâces différentes , et pour admirer à propos la force et la pompe qu'ils savent répandre dans leurs ouvrages : voilà leurs têtes qui se remplissent de projets vastes , le parnasse les suit , ils ne voient plus que ses lauriers et sa font-ine immortelle ; le jour même ils essaieront leur talent dans un petit madrigal ; et d'efforts en efforts , au bout de trois semaines , ils auront déjà ébauché douze scenes tragiques. Il suffit, pour les fixer dans une carriere où la nature ne les a point appelés , qu'une jeune personne laisse tomber sur nos prosélytes des regards conduits par le hasard ou par la coquetterie , elle leur fera prendre à l'instant pour enthousiasme le désordre de leurs sens. Apollon et l'amour seront pour eux

les mêmes Dieux : je les vois déjà s'égarer
volontairement , se passionner de commande , et arborer avec audace l'étendard
des Muses ; car la poésie a ses dom Qui-
chottes aussi-bien que l'amour. Je ne pense
pas que le chevalier de la Manche fût
amoureux, ni capable de le devenir. Le
siege de ses passions étoit plus dans sa tête
que dans son cœur. Que de gens , à son
exemple , ayant choisi sans vocation un
genre de vie qui leur étoit étranger, se sont
affermis par raisonnement dans une entre-
prise extravagante , et parvenus enfin à se
séduire eux-mêmes , ont cherché inutile-
ment le temple de la gloire ! Que d'auteurs
se sont enfoncés sans guide dans le sacré
vallon , y ont jeûné , veillé pour écrire
des élégies insipides à leurs dulcinées ,
pour faire dans leurs vers murmurer doucement les ruisseaux , voltiger les zéphyrs ,
soupirer Philomele , dormir la raison , ennuyer l'amour , affadir l'esprit ; pour renverser quelquefois l'ordre de la nature,
prendre , comme le paladin , des moulins
ordinaires pour des géans énormes , et devenir les chevaliers errans du parnasse !
Mais que retirent-ils de tant de fatigues ? du mépris , des ridicules , quelquefois même des outrages. Ne croyons pas
cependant que le vrai talent de la poésie
entraîne avec lui toutes les extravagances
qui rendent certains versificateurs si ridi-

cules. Je connois des gens qui s'imaginent
qu'un poëte est l'image d'un corybante en
fureur, ou la pythie échevelée ; que la dis-
traction le suit sans cesse ; et que toujours
emporté par l'imagination, son esprit n'a
ni regle, ni consistance. Il est vrai que si
l'on jugeoit messieurs les poëtes par la plupart de leurs odes ; si l'on vouloit y chercher l'image de leur esprit et de leurs manieres, on ne sauroit jâmais les croire trop
outrés et trop extravagans : car, qu'est-ce
dans le fond que nos grandes odes françoises ? L'auteur ignore toujours où il est,
ce qu'il voit, ce qu'il fait, ce qu'il entend :
il semble que la force de l'enthousiasme
l'ait privé de tous ses sens ; que près d'expirer, il ne lui reste plus que des mouvemens convulsifs. Peintres sans choix, sans
dessin et sans ordre, nos tableaux lyriques sont étouffés sous les images et sous
les ornemens : tous les traits en sont ex-
cessifs, et les expressions foibles ou gigan-
tesques : en un mot, à l'exception de quelques ouvrages de ce genre qui vivront
éternellement, je ne saurois donner une
idée plus juste de nos odes héroïques,
qu'en les comparant à des édifices mons-
trueux, où tous les ordres de l'architec-
ture seroient confondus sans distinction,
et dont la richesse et le travail prouve-
roient moins la fécondité et l'industrie de
l'art, que son abus et l'inutilité de ses
efforts.

« Donnez - moi des nuages enflammés ;
» des vents impétueux, qui, sur leurs ailes
» agitées, portent les tempêtes dans les
» airs : faites succéder au tumulte un si-
» lence morne ; que la terre émue se taise ;
» que l'onde qui fuit s'arrête ; qu'un coup
» de tonnerre fende cet amas de nuages
» suspendus au haut des cieux : à ce signe
» éclatant, à cette voix, le monde recon-
» noîtra son maître ; et Dieu, content de
» nos hommages, appellera les zéphyrs,
» fera luire son soleil ; et les montagnes
» humides dont il avoit entouré son
» trône, se fondant en rosée, porteront
» dans le sein de la terre la vie, la fraî-
» cheur et l'abondance. »

Voilà une ode, assurément, s'il en fut
jamais : aussi m'a-t-il fallu employer tous
les élémens, et ne laisser rien dans la nature qui ne contribuât à la richesse de mes
descriptions. Que d'ornemens perdus, et
que cet appareil est bien inutile ! Cependant, à une premiere lecture, nous admirons des expressions semblables ; c'est ce
qui fait que je ne trouve rien de si fautif
que l'admiration. C'est un sentiment qui
semble profiter de l'étonnement où les
grandes figures et les mouvemens inatten-
dus jettent notre ame, pour la forcer
d'applaudir à ce qu'elle n'a pas encore
conçu.

Ne cherchons donc pas l'histoire des

poëtes dans leurs ouvrages ; leur gloire y
perdroit sans doute trop : mais assurons-
nous que le ridiculé naît essentiellement
du caractere et non pas du talent. Sachons
que les grands poëtes ressemblent à la nature : elle est singuliere dans ses opérations
et dans sa conduite ; mais personne n'a dit
encore qu'elle fût ridicule ni bizarre. Ainsi,
rien ne fait tant de tort aux enfans d'Apollon, que le malheur d'avoir des compa-
gnons indignes d'eux. Il est triste qu'un
talent qui ne s'acquiert point, et qui se
développe même avant la raison, semble
être commun aujourd'hui, à tous ceux qui
pensent. En vérité, les femmes devroient
bien prendre garde à ne plus louer les mauvais vers qu'on fait pour elles, et à ne
recevoir ni bouquets, ni épithalames; et
tel qui auroit écrit uniment en prose toute
sa vie, fera long-tems des vers, pour avoir
été applaudi sur un sonnet in-promptu,
ou sur des stances faites à loisir : rien
d'ailleurs ne seroit plus utile que de réfor-
mer le corps des versificateurs : ils devien-
nent par-là même incapables de tout autre
genre d'écrire ; et soit par air, soit par
paresse, eux-mêmes avouent hautement
qu'un démon les suit, que faire des vers
est pour eux une occupation nécessaire.
Qu'elle le soit, à la bonne heure, pour
ceux qui y réussissent ; mais vous, dont
le public ne lit les ouvrages que par hu-

manité, renfermerez-vous constamment
tous vos devoirs dans la nécessité où vous
êtes sans cesse d'ennuyer vos concitoyens ?
Voudrez-vous être toujours cause qu'un
art précieux tombe dans le mépris où vous
vivez ? Un art estimable, dira-t-on, un art
précieux ! Quoi ! la poésie, cette sœur de
la satire, occupera-t-elle une place honô-
rable dans l'état ? Est-ce pour graver sur
l'airain des injustices atroces ? Est-ce pour
décrier, comme elle l'a fait souvent, le mérite, les grâces et la beauté ? Est-ce enfin
pour lever un front rebelle contre la religion et contre les lois ? Que répondre à
ces exclamations ? si ce n'est qu'on ne peut
disconvenir que les hommes ne soient méchans ; mais que la calomnie, l'audace et
l'impiété éclatent en prose comme en vers,
et qu'un talent, pour être utile ou pour
nuire, suit toujours les penchans de l'ame
qui le renferme ? Ainsi la poésie, cet art
de peindre à l'esprit, et de rendre sensible au cœur ce que la nature et le pinceau représentent aux yeux du corps, devient une furie dans le calomniateur, un
embrasement dans l'emporté, un poison
dans le satirique ; mais elle n'en est pas
moins l'éloge de la vertu, le prix des
beaux arts, l'ornement d'un siecle, la
gloire d'un royaume, l'amusement de
l'honnête homme, et le charme de la société. Versez de l'eau pure dans deux cou-

pes ; l'une des deux est empoisonnée, l'autre
ne l'est pas ; d'où vient le danger de l'eau ?
vient-il du vase ? Heureux ceux qui reçurent un talent qui les suit par-tout ; qui,
dans la solitude et le silence, fait repa-
roître à leurs yeux tout ce que l'absence
leur avoit fait perdre ; qui prête un corps
et des couleurs à tout ce qui respire ;
qui donne au monde des habitans que
le vulgaire ignore ! Le soleil fatigue par
sa marche constante ; c'est toujours le
même feu, ce sont les mêmes rayons. Mais
si, comme les poëtes, on le voyoit sur
un char, aussi ancien que le monde, traîné
par des chevaux immortels qui soufflent la
vie et la flamme ; si, dans ses éclipses,
on s'imaginoit qu'en longs habits de deuil
il pleure la mort de Coronis, ou le changement de Daphné ; si l'Aurore n'étoit pas
simplement pour nous la seconde impression du jour ; si c'étoit une déesse éplorée,
qui gémit, qui se désespere de sortir des
bras d'un vieil époux, pour ne trouver
qu'un amant endormi : en un mot, si
chaque fontaine paroissoit renfermer une
nymphe, si chaque ruisseau sembloit cacher un Dieu, si le moindre petit oranger
couvroit de sa tendre écorce une driade,
ou un faune, qu'il seroit doux aux hommes de voir naître le jour ! Qu'il seroit
agréable aux belles de le voir finir ! Chimeres, dira-t-on ! Chimeres ! Eh, qu'importe,

porte, pourvu que le tems en coule plus
rapidement, pourvu que l'ennui n'en arrête
pas tristement le cours? Quelle réalité vau-
dra une si douce illusion? C'est elle, c'est
cette illusion charmante, qui fait croire à
plusieurs que les poëtes sont infideles à
leurs maîtresses par imagination, et que
souvent ils ne sont amoureux qu'en idée.
Voici la preuve du contraire; et c'est par-là
que je finis.

L'INCONSTANCE PARDONNABLE.

ODE ANACRÉONTIQUE.

Iris, Thémire et Danaë
Ont en vain reçu mon hommage;
N'en doutez point, belle Aglae,
Jamais mon cœur ne fut volage.

Iris parle si tendrement;
Mon cœur est si foible et si tendre,
Que je croyois, même en l'aimant,
Vous voir, vous parler, vous entendre.

Un sourire engageant et doux,
Bientôt m'enflamma pour Thémire;
J'ignorois qu'une autre que vous
Pût aussi finement sourire.

Danaé s'offrit dans le bain:
Qu'on est aveugle quand on aime!
Aux lis répandus sur son sein,
Je ne crus voir qu'Aglaé même.

Tome II. D

'Ainsi , dans les plus doux plaisirs,
Je cédois à vos seules armes ;
Mon cœur n'éprouvoit de desirs,
Que par l'image de vos charmes.

Iris , Thémire et Danaë
Ont en vain reçu mon hommage ;
N'en doutez point , belle Aglaé ,
Jamais mon cœur ne fut volage.

Pour donner une idée moins badine du
caractere des poëtes , lorsqu'ils sont amoureux , il me prend envie de placer ici le
récit d'une aventure certaine , mais dont les
circonstances sont si peu vraisemblables ,
que , quelque opinion qu'on ait de la folie
des hommes , je crains bien qu'on ne me
reproche d'en faire une peinture trop ou-
trée. J'ose assurer cependant que je pren-
drai soin d'altérer en plusieurs endroits la
vérité , afin de mieux sauver la vraisem-
blance. Qu'on ne s'attende point de trouver
dans cet ouvrage , ni des exemples à suivre,
ni des fautes à éviter ; tout y est si étranger à l'ordre commun des choses , que les
habitans du Parnasse et ceux des petites
maisons sont , à mon avis , les seuls qui
puissent en retirer quelque profit. Ce roman est divisé en quatre Soirées.

~~~~~~~~~~~~~~~~~~~~~~~~~~~~~~~~~~~~~~

PREMIERE SOIRÉE.

C'étoit au mois de mai, sur le déclin du jour, que mademoiselle Desl... descendit dans un jardin où le chevalier Dart... eut envie de la conduire. L'heure étoit dangereuse. Déjà l'étoile de Vénus commençoit à paroître ; et quelques nuages légers répandus sur l'horizon se laissoient à peine dorer par les derniers rayons du soleil couchant. Un air pur, un berceau, un beau ciel, un peu d'obscurité, c'est beaucoup plus qu'il n'en faut pour donner envie d'aimer. Mais si dans un lieu qui renfermeroit tous les pieges que la nature peut nous tendre, lorsqu'elle se présente à nos yeux dans toute sa parure, un poëte aimable donnoit la main à une Muse charmante ; si frappés ensemble de la beauté du printems, ils se disoient : Mais quoi ! est-il possible que les saisons et les cœurs puissent avoir des rapports sensibles ? Que les jours se ressemblent peu, et que nous nous ressemblons peu nous-mêmes ! La terre couverte de neiges, les arbres dépouillés de leurs feuilles, le silence des oiseaux, tout cela ne semble-t-il pas défendre d'aimer ? Oui : l'amour ne vole point sur l'aile des aquilons ; il attend les zéphyrs pour se

balancer au milieu des airs, et pour y répandre ce doux poison qui nous enivre.
Sans doute que nous étions aussi aimables
il y a trois mois ; mais je ne sais quelle
froideur se mêloit dans tous nos discours ;
il faut bien que nous n'eussions pas encore
reçu la permission de nous aimer. Mais
aujourd'hui que l'air est rempli du parfum
des fleurs, que la terre est parée comme
un temple où l'amour va descendre, il
semble qu'il soit arrivé à nos ames ce que
nous avons vu se passer sur la surface des
eaux, lorsque le premier souffle du printems commença de la fondre. Nous ne
savons quel trouble charmant nous agite,
et quelle puissance inconnue nous empêche doucement de résister. Quoi ! le printems regne, le jour a disparu, nous sommes seuls ; que penser de cette situation ?
Ils s'aimeront, dites-vous. Hé, sans doute !
C'est ce qui arriva au chevalier Dart....
et à mademoiselle Dest.... Les sentimens
que je viens d'exprimer les saisirent en
entrant dans le jardin. A peine avoient-ils
marché quelque tems, qu'ils se regarderent
mille fois en poëtes et en amans ; ils s'ar-
rêterent ensuite avec embarras, puis ils se
regarderent encore, baisserent enfin les
yeux ; mais ce qu'il y a de miraculeux dans
cet événement, c'est que, sans doute, par
la force de l'amour, ils tournerent un moment l'un autour de l'autre, à-peu-près

comme les tourbillons de Descartes. Cette
marche extraordinaire finit fort singuliére-
ment : tous deux, comme par inspiration,
se jeterent à genoux, et tous deux furent
également étonnés de s'y voir. Dart.....
rompit le premier un silence si mystérieux.
Quoi ! vous êtes à mes pieds, mademoiselle, à mes pieds ! Ignorez-vous que je
puis tout-à-l'heure mourir de plaisir sur la
trace que les vôtres ont faite sur le sable ?
Oui, répondit la Muse avec un rouge charmant, qui de son front se répandit sur ses
joues ; vous avez su me plaire, chevalier,
et je n'ai pas balancé de vous adorer : je
suis fiere, vous ne l'ignorez pas ; mais il
est bien juste que l'orgueil tombe aux pieds
de l'amour ; et nous avons trop d'esprit,
pour perdre dans un vain cérémonial des
momens que le plaisir rend chers, et qui
s'envolent pour hâter la paresse des amans.
Qu'importe après tout, à mon cœur, que
vous ne m'aimiez que depuis un quart-
d'heure ? Je comprends, par la violence
de mes feux, qu'on peut sentir dans une
minute tout ce qu'ont éprouvé les anciens Céladons. Oui, reprit vivement le
chevalier, une ame sensible fait bien du
chemin ; et quand on a de l'esprit, il ne
faut qu'un moment pour s'aimer à la folie :
d'un coup-d'œil on aperçoit dans sa maîtresse tout ce qu'elle vaut, et l'amour extrême suit toujours une aussi profonde

D 5

connoissance ; en un mot , c'est la sottise
des amans et des maîtresses qui causent la
lenteur de l'amour : pour moi , je crois
fermement que tout Cythere a passé dans
mon cœur , et je sens trop combien il m'en
coûteroit de résister au plus fort et au plus
doux de mes penchans. De résister à son
penchant , chevalier , y pensez-vous bien ?
Est - ce - qu'on résiste ? Comment étouffer
des feux dont la source est toute entiere
dans le cœur ? Comment se tromper soi-
même , en voulant se persuader que le
vrai bonheur n'est pas où sont les plaisirs ?
Ah ! qu'il est heureux d'être poëte , inter-
rompit l'amant , et que l'imagination rend
l'amour aimable ! Il me semble le voir descendre dans vos yeux : je jurerois qu'il les
éclaire lui-même de son flambeau ; car je
sens bien que c'est de-là qu'il pénetre au
fond de mon cœur : oui , il est par-tout
où je vous vois , c'est sans doute lui que
j'adore en vous ; peut-être même est-ce
vous que j'adore en lui. A ces mots la
fiere Dest..... devint rêveuse un instant ;
mais prenant tout-à-coup son parti : Peut-
être , dit-elle d'un ton ironique. Décidez-
vous , monsieur : je vous laisse éclaircir
vos doutes : aussi - bien la nuit s'avance ;
adieu , je vous quitte pour jamais. L'orgueil et le dépit l'avoient déjà emportée sur leurs ailes. Le chevalier eut beau
crier que rien n'étoit plus clair que son

discours , que cette ambiguité prétendue
étoit une vraie chimere. Peine inutile : la
Nymphe avoit disparu. Dart. . . . fut con-
traint de s'en plaindre à tous les astres du
Firmament, et de gronder la Lune , qui
ce jour-là étoit fort pâle ; mais s'étant assis
quelque tems après sur un gazon , il y fit
des vers , ressource ordinaire des poëtes
dans le malheur, et ne sortit du jardin
qu'après avoir salué l'Aurore. Voici quel
fut l'ouvrage qui l'occupa toute la nuit.

PORTRAIT DE L'AMOUR.

TRAITER toujours la vertu d'inhumaine,
Et malgré moi sentir des feux naissans ;
Voir ma raison toujours plus incertaine ,
Fermer les yenx sur le troublé des sens :
Unir souvent les ris et la tristesse ,
Mourir cent fois , et revivre en un jour ;
Par les plaisirs connoître enfin l'amour ,
Et n'y trouver que la délicatesse ;
Ranger alors Ismene au rang des Dieux ,
Croire à ses pieds être assis sur le trône ,
Voir tous mes biens, et mes maux dans ses yeux ,
Etre jaloux de l'air qui l'environne ;
Pouvoir l'aimer jusqu'à l'emportement ,
Croire en mourir , et c'est peu de le croire ,
Mais , comme ami , sauver toujours la gloire
De la beauté qu'a désarmé l'amant ,
La demander à la Nuit, à l'Aurore ,
La voir par-tout, et la chercher toujours ;
L'aimer sans cesse, et l'aimer plus encore ,

Quand la fortune obscurcit ses beaux jours :
Si c'est aimer, Isméne, je vous aime,
Et c'est à vous que j'en dois le secret.
Lorsque l'amour lança son premier trait,
Oui, je le vis, vous le guidiez vous-même.

SECONDE SOIRÉE.

HÉLAS ! s'écria mademoiselle Dest... en
s'éveillant, ce pauvre chevalier a passé la
nuit fort mal à son aise ; il faut qu'il m'aime
bien pour s'exposer ainsi aux injures de
l'air. Les vers qu'il m'a envoyés sont charmans : il écrit comme les Anges. Or, remarquez, je vous prie, qu'on fourre les
Anges par-tout. J'ai eu tort, continuoit-
elle, de m'emporter si légérement ; mais
aussi comment est-il possible qu'un homme
d'esprit ignore que les belles veulent être
louées sans aucune modération ? les droits
d'une maîtresse sont encore plus forts ;
ainsi je rassemble en moi tous les titres
qui peuvent justifier les éloges outrés ; car
je suis, Dieu merci, tout à-la-fois, fille,
maîtresse et poëte. Ces réflexions achevées,
elle prit du papier, et écrivit :

Dans ce jardin où je connus l'amour,
Où tu sentis ses ardeurs par mes charmes,
Viens, cher amant, m'inspirer à ton tour
Et des plaisirs, et même des alarmes.

Le chevalier ayant reçu ces vers sur la fin du jour, se hâta d'arriver au jardin, où il avoit trouvé la veille tant de bonnes raisons pour aimer. La jeune Dest.... s'y étoit déjà rendue; et pour ne point perdre de tems, elle s'étoit assise au bord d'un bassin, où elle examinoit scrupuleusement les défauts de sa coiffure, et s'applaudissoit en secret d'avoir encore quelques momens à donner à sa toilette. Après avoir dérangé des boucles qui faisoient fort bien, et mis deux ou trois mouches surnuméraires qui lui changerent en mal la physionomie, elle troubla de colere l'eau du bassin; et détournant la tête avec précipitation, elle découvrit le chevalier derriere un myrte, où depuis une heure il faisoit des réflexions morales sur le bon esprit des femmes, et plaignoit intérieurement sa maîtresse de ce qu'elle se déparoit ainsi en s'ajustant : ils furent tous deux fâchés de se voir. Le chevalier parut dans l'attitude d'un homme qui a quelque chose à se reprocher, et qui craint qu'on ne s'en aperçoive : la Nymphe, de son côté, rougit de dépit d'avoir donné matiere à des réflexions morales. Dart.... enfin, pour sortir d'embarras, s'avisa de dire, en s'approchant d'elle :

L'art n'est pas fait pour toi, tu n'en a pas besoin.

Mais comme il s'aperçut que son compliment ne réussissoit pas, partagé entre la

crainte d'avoir déplu, et l'amour extrême
qu'il ressentoit, il se prit à pleurer inno-
cemment. La jeune Dest...., sans savoir
pourquoi, en fit de même; et Dart....,
plus vivement touché encore, s'écria tristement : Quoi ! vous pleurëz, ma déesse !
je voudrois, au prix de tout mon sang,
arrêter la moindre de vos larmes. Hé ! que
ne sommes-nous au tems des métamorpho-
ses ! les Dieux me changeroient tout-à-
l'heure en fleur, vos larmes seroient pour
moi des larmes de l'Aurore, elles me don-
neroient la vie et la beauté; peut-être que
je couronnerois vos cheveux, ou que je
passerois sur votre sein le seul jour que
j'aurois à vivre. Que je suis malheureuse,
mon cher chevalier, dit mademoiselle
Dest...., d'avoir douté un seul moment
de votre amour ! vous avez soupçonné peut-
être que l'orgueil étoit mon vice favori.
Ah ! pensez mieux de mon cœur, une passion plus noble l'avoit alarmé; plus je
vous aime, plus je crois être en droit de
vous plaire : plus vous m'aimez, et plus
je dois compter que rien ne me balance
dans votre esprit. Oui, si vous me voyez
telle que je suis, n'en doutez point, chevalier, je ne suis pas aimée ; l'illusion suit
toujours les véritables amans. Jurez-moi
donc, pour me rassurer, que tout ce que
j'ai de joli vous paroît beau, que tout ce
que j'ai de médiocre vous semble joli, et

que mes défauts ne sont que des ombres
légeres, où mes grâces vont se cacher. Oui,
je le jure, et mon serment part du fond
du cœur ; mais après tout, ajouta Dart...,
qu'est-il besoin de le jurer ? Si vous n'étiez
pas à mes yeux le chef-d'œuvre de la nature, je ne serois point à vos genoux le
modele de l'amour. Je le connois, cet
amour, c'est le plus grand de tous les plaisirs lorsqu'il est violent : c'est la plus sotte
de toutes les occupations lorsqu'il est médiocre. Oui, je préfere la douceur de pleurer à vos pieds, à tout ce qu'on appelle
plaisir, ma chere Dest.... Le vulgaire des
amans ne pleure point, c'est un raffine-
ment de volupté dont l'amour leur a fait
un secret ; mais, de grace, épargnez-moi
vos froideurs : sûre de mon ame, que pou-
vez-vous craindre ? Sûre de ton ame, interrompit-elle, oui, dans le moment qui
s'écoule, mais celui qui le suit ne me l'en-
levera-t-il point ? Quand on ne sait pas
craindre, ingrat, on ne sait pas aimer. Il
faudroit, pour me rassurer, que nos ames
fussent à découvert, que les corps qui les
emprisonnent, changés tout-à-coup en une
vapeur brillante, se laissassent pénétrer par
les regards ; alors je verrois si tu es sincere,
et j'espérerois du moins qu'en connoissant
mon ame entiere, tu pourrois apprendre
enfin à m'aimer. A ces mots le chevalier
fit un éclat de rire : Quoi ! mademoiselle,

lui dit-il en badinant, vous voudriez que
nos corps ne fussent qu'une ombre trans-
parente ? Y pensez-vous ? vos charmes n'auroient plus aucune solidité, et la vie ne seroit qu'un songe. Avouez du moins, chevalier, reprit-elle en riant à son tour, que
l'amour et le plaisir ne perdroient rien à ce
songe ; nos ames forceroient leur prison, et
peut-être qu'elles s'uniroient éternellement
l'une à l'autre.... Mais quoi ! cher amant ;
déjà la nuit nous sépare ; que le tems passe
vîte, quand l'amour lui prête ses ailes !
Déjà je ne vois plus ton image ; parle-moi,
qu'au son de ta voix chérie je reconnoisse
mon bonheur. Je crains de te perdre dans
les ombres ; est-il bien vrai que la fable
n'est qu'une chimere ? N'est-il plus de nymphes sous les eaux ? Elles profiteroient de
l'obscurité pour t'enlever ; tu vaux sans
doute mieux que cet Hylas qu'elles ravirent
à Hercule : je suis jalouse enfin de toute la
nature. Hé ! que peut craindre la plus aimée
de toutes les grâces, dit le chevalier ? ses
chaînes sont des plaisirs : qui pourroit jamais les rompre ou les éviter ? Mais à propos de plaisir, Muse adorable, je me sou-
viens d'en avoir décrit le temple autrefois :
si je vous avois aimée alors, la peinture en
seroit plus touchante et plus vive. N'importe,
dit-elle, je serai bien-aise de vous entendre,
puisque je ne puis plus vous voir. Dart....
lui donna la main, et lut de mémoire.

LE

LE TEMPLE DU PLAISIR.

Plaisir si souvent appelé
Par les brillans accès d'une aimable folie ;
Plaisir si souvent exilé
Par les sombres vapeurs de la mélancolie :
Venez, offrez-vous à mes yeux,
Ecartez le bandeau qui vous fait méconnoître :
Découvrez ce front radieux,
Où les jeux voltigeans, où les ris semblent naître,
Et d'où l'amour fait disparoître
La fierté gênante des Dieux.
On m'écoute, on reçoit mes vœux et ma prière,
Un char d'azur m'emporte dans les airs ;
Il trace dans son vol un sillon de lumiere,
Et descend comme un trait au milieu des déserts.
Dieux ! sous un toit couronné de bruyere ;
Ce grand moteur de l'univers,
Le plaisir qui peut seul remplir notre ame entiere,
Me montre en souriant un lit couvert de liere,
Où repose avec lui l'aimable oisiveté ;
Un ruisseau coule à son côté,
Et les jonquilles qu'il arrose,
Conservent la vivacité
D'une fleur fraîchement éclose.
Près de son canal argenté
Un oranger touffu s'oppose
Aux feux dévorans de l'été :
Sous son feuillage respecté
L'amour endormi se repose,
Et par ses charmes arrêté
Le volage zéphyr s'expose
A perdre encor sa liberté.
Séjour aimé des Dieux, où le plaisir dispose

Tome II. E

De mon cœur, de mes vœux et de ma liberté;
Monarque complaisant, souverain sans fierté,
    Il me permet tout ce que j'ose.
Telle est du doux plaisir l'aimable autorité:
Son sceptre est un bouquet, sa couronne une rose,
    Et ses lois sont ma volonté.
   · Dieu charmant, je vous vois sourire
    Au dernier trait de ce tableau.
Sans doute je rends mal les transports que m'inspire
    L'aspect de ce séjour nouveau.
« Oui, je ris de te voir en rimes redoublées,
» De ton cerveau brûlant consumer tout le feu:
    » Dans tes peintures déréglées
» Tu parles du plaisir toujours trop, ou trop peu.
» En vain assembles-tu mesure sur mesure;
» Ton esprit échauffé s'épuise vainement :
» On trouve des couleurs pour peindre la nature;
» Mais quel heureux pinceau trace le sentiment ?
» Plus le plaisir est simple, et plus tu devois
    » craindre
    » D'affoiblir ses vives ardeurs :
» Le chercher, c'est le fuir ; le sentir, c'est le
    » peindre,
    » C'est en mériter les faveurs.
» Tu me vois entouré de campagnes fleuries;
» Au milieu des bergers j'établis mon séjour ;
    » Je foule l'émail des prairies :
    » Rival et frere de l'amour,
» J'inspire comme lui de douces rêveries ;
» Le silence des bois, la fraîcheur d'un beau jour,
» Plaisent plus à mes yeux que l'or des galeries
    » D'une tumultueuse cour.
» Les jeux et l'agrément naquirent sous mon aile ;
    » Semblable à l'onde d'un ruisseau,
» Qui par l'heureux secours de sa source fidele,
    » Dans sa fuite se renouvelle;
    » Sur un sujet toujours nouveau,

» Le Dieu de l'enjoûment m'appelle :
» Dans mes discours légers la saillie étincelle ;
» Et plus badin que les zéphyrs ,
» Ce n'est pas la fleur la plus belle ,
» Mais c'est toujours la plus nouvelle
» Qui cause mes derniers soupirs.
» Mortel, si tu veux me connoître ,
» Vole auprès d'Aglaé ; ses yeux me feront naître :
» Quelquefois au sein des amours ,
» Elle amuse mon inconstance ;
» Mais l'on me trouvera toujours
» Entre l'esprit et l'innocence.

En vérité , chevalier, dit la jeune Dest... ,
je suis fâchée de n'avoir qu'une ame , ce
n'est pas assez pour vous : mais que dis-je ?
Vous n'y perdez rien , mon esprit sent tout
ce que vous valez , et mon cœur aime tout
ce que mon esprit a trouvé d'aimable en
vous ; je vous jure qu'ils sont tous deux
bien occupés. Muse charmante , Déesse des
vers et de l'amour , vous m'enivrez de
joie. Dieu ! vous m'aimez , et j'ai passé la
journée sans vous déplaire. On me l'avoit
toujours dit , j'étois né pour le bonheur.
Ainsi se séparerent deux amans qui devoient bientôt ne plus s'aimer , tant il est
vrai que les extrêmes se touchent toujours
dans la tête des poëtes. Je laisse aux lecteurs le soin de réfléchir sur leurs aventures. Le fond en est ancien , la tournure
en est neuve ; mais peut-être que l'un et
l'autre ne valent pas grand'chose. Heureusement il ne reste plus que deux soirées à
passer.   E 2

TROISIEME SOIRÉE.

Une lettre du chevalier Dart... à mylord Val son ami, me dispense d'écrire ce qui se passa dans les deux dernieres soirées : il y raconte la fin de ses aventures ; on ne sera pas fâché, sans doute, de l'entendre lui-même, et de le voir peint dans son propre ouvrage.

LETTRE

Du chevalier DART... *à mylord* VAL.

Vous voulez savoir, mylord, la fin de mon roman : c'est compter sur mon amitié, et sur la nécessité où je suis depuis long-tems de vouloir tout ce que vous desirez. S'il est nouveau d'être l'historien de ses propres folies, il ne l'est pas moins d'avoir un ami à qui on ne rougisse pas de les raconter : plus il en coûte à mon amour-propre, plus le sacrifice doit vous flatter ; et c'est, je crois, vous marquer assez d'estime, que de ne pas craindre de vous dévoiler les foiblesses d'un cœur dont vous chérissez les vertus. Voilà une espece d'é-

loge tout nouveau , et qui vaut bien la peine
que vous le receviez avec plaisir. Ce préam-
bule fini , je vais tout de suite vous raconter ce que vous ignorez encore de mon
aventure avec cette folle que j'ai tant aimée.
Je vous disois hier dans quel enchante-
ment m'avoit laissé la seconde entrevue que
j'eus avec elle ; de peur de tomber dans
la répétition, je vous fais grace de tous les
différens mouvemens dont je fus agité jusqu'au lendemain. Ces sortes de situations
sont peintes par-tout , et je n'ai ni le loisir ,
ni la volonté de vous dire ce que tout le
monde sait. Mais que les jours se ressemblent peu , mon cher mylord ; et que les
présages sont incertains ! Qu'on me dise
après cela que les songes sont les ministres
des Dieux et de la vérité ; j'en eus dix mille
qui me promettoient un bonheur durable ;
Atys en est moins entouré à l'opéra ; et si
vous en exceptez le dernier de tous , où je
vis Vénus , la foudre à la main , tous les
autres n'annonçoient que les ris et les
amours. L'impatience où j'étois de revoir
ma Déesse , fit bientôt envoler le sommeil
et les songes ; j'arrivai avec le jour dans le
jardin où je l'avois trouvée si belle ; je m'a-
perçus que les fleurs étoient aussi fraîches
et aussi belles que les jours précédens : je
ne remarquai point que les fontaines eus-
sent changé de cours, je n'en vis aucune
remonter vers sa source , ni murmurer plus

tristement ; tout m'y parut à l'ordinaire ,
rien n'y blessa mes yeux, rien n'y troubla
mon cœur : mais voici l'événement le plus
singulier de ma vie , et qui caractérise bien
l'espece de folie qu'on reproche aux poëtes.
Premiérement , mylord , l'ivresse de la passion me fit oublier absolument qu'il est d'u-
sage dans le monde de dîner le matin et
de souper le soir. Jusques-là mon aventure
ressemble à beaucoup d'autres ; car vous
n'ignorez pas que les héros de roman ne
mangent point , ou du moins si peu , qu'il
ne vaut pas la peine d'en parler. Ce que je
vais vous dire est plus merveilleux. Vous
savez qu'il est permis en poésie de donner
une ame aux êtres les plus inanimés , et des
couleurs aux choses les plus insensibles ;
ainsi par l'usage de la fable , on embellit
la vérité même ; cette maxime est fondée
sur une tradition constante, qui nous apprend qu'un jour la fable et la vérité étoient
en dispute ; la raison fut appelée pour la
décider. Il étoit question entr'elles de beauté ; car c'est la grande querelle des Déesses
et des Mortelles. La vérité parla la premiere en ces termes : Une preuve que je
suis plus belle que vous , ô fable , c'est que
je n'ai jamais craint de paroître toute nue.
La pudeur est mon voile , mes charmes sont
ma parure. Simple et innocente , je ne per-
suade qu'en faveur de la vertu. Je suis fille
des Dieux , ame des vrais plaisirs , objet

naturel de tout ce qui pense ; et vous, enfant malheureux de l'illusion et du mensonge, votre beauté n'est qu'un fard imposteur, et vos plaisirs qu'un songe qui s'envole. La fable répliqua avec audace : ô vérité, tous les hommes craignent de vous entendre : il est vrai que chaque peuple s'imagine être éclairé de votre flambeau ; mais vous êtes si difficile à pénétrer, que vous échappez même aux yeux de la raison. J'avoue que vous avez une beauté mâle et durable ; mais c'est dire assez clairement, je pense, que vous manquez de ces grâces fines et touchantes, qui rendent mes charmes si intéressans : en un mot, vous avouez que je l'emporte sur vous lorsque je suis parée ; ma victoire sera donc complete, et je vais faire un assaut général avec vous : la raison notre juge n'en sera point alarmée. La fable commençoit à se dépouiller de ses ornemens aimables ; mais à mesure qu'elle dénouoit un ruban, elle faisoit envoler une grâce ; la vivacité et la physionomie, ces reines de nos cœurs, disparurent avec les mouches et le rouge : en un mot, elle alloit s'enlaidir, si la raison, qui jusqu'alors avoit conservé le maintien gravé d'un juge, ne se fût opposée absolument à cette imprudence. Vous êtes faite pour la parure, lui dit-elle, et vous aurez toujours l'avantage d'en servir. La vérité plaît sans ornement aux esprits dont

j'ai la conduite ; mais elle est trop austere
pour ceux qui refusent de me suivre ; ainsi
ne vous brouillez point, et vivez ensemble, vous y gagnerez toutes deux. A l'instant elle les fit approcher ; après quelque
résistance, enfin elles s'embrasserent ; la
fable en devint plus belle, et la vérité plus
aimable. Cette digression vous paroît un
peu longue, mylord ; mais la voilà heureusement finie. Je vous disois donc qu'on
n'est point surpris que tout soit personnifié
dans la poésie, parce qu'on n'imagine pas
qu'un poëte croie voir réellement voltiger
les zéphyrs, qu'il pense entendre parler les
arbres et les rochers, voir nager les Naïades
sur les eaux, et cent autres extravagances
pareilles. Cependant, mylord, j'en crus
apercevoir mille fois davantage ; je me lais-
sai surprendre à une rêverie si douce, si
charmante, que mon imagination s'échauf-
fant de plus en plus, la terre commença
à changer de face à mes yeux ; l'air me
parut en un instant rempli d'une infinité de
génies bleu - célestes, qui sembloient être
tous occupés de différentes réflexions. Les
uns rampoient tristement sur cette matiere
fine et subtile, qui compose l'air, que nous
respirons, tandis que d'autres voloient sur
des chars superbes. J'admirai cette différence ; et je m'avisai de conclure que ces
génies pourroient bien avoir les mêmes
mœurs que les hommes. En effet, je vis un

instant après quatre phaëtons de nacre ;
tirés par des chevaux aurores ; ces quatre
chars se précipitoient au travers d'une mul-
titude de Sylphes que je distinguois à peine ;
la foule des génies trembloit devant eux ;
quelques-uns même, plus malheureux,
étoient écrasés sous les roues ; cependant
les conducteurs n'en alloient pas plus len-
tement ; une caleche de cristal, couleur
le rose, s'avança alors vers moi. Je vis
une petite brune qui rioit de toutes ses
forces de causer tout ce désordre ; de tems
en tems elle se baissoit vers la portiere,
pour faire des agaceries aux petits-maîtres
qui la suivoient ; leur émulation me fit
trembler, car à tout moment quelque Syl-
phe étoit écrasé sous les pieds des chevaux. Avant d'aller plus loin, remarquez
que tous ces objets me paroissoient extrê-
mement déliés, et d'une figure imperceptible aux yeux du vulgaire. Enfin le char le
plus léger gagna les autres de vîtesse. Il
atteint la caleche, et la choqua si impru-
lemment, qu'elle fut brisée à deux doigts de
ma bouche ; en sorte qu'en respirant, j'a-
valai et la jeune Sylphide, et les débris de
son équipage. La petite Déesse aérienne
descendit au fond de ma poitrine avec une
frayeur mortelle ; je vis alors régner une
grande consternation sur tous les visages,
et je ne doutai point qu'il ne passât pour
constant parmi les Sylphes, que la belle

brune avoit été précipitée dans un gouffre
pour servir d'exemple aux coquettes ou-
trées ; il me parut même que la foule des
génies s'approchoit de moi avec une curiosité mêlée de quelque frayeur , à-peu-
près comme des matelots pourroient considérer l'écueil où ils auroient échoué. Mais
je rendis bientôt le calme au peuple bleu ;
car par l'action naturelle de mes poumons,
la belle ressortit de l'abyme où elle étoit
tombée , et trouva son salut dans ce qui
avoit causé sa perte. Le plus zélé de ses
amans la fit remonter sur un char pompeux, et qui , en vérité, étoit plus gros
que trois ou quatre têtes d'épingles jointes
ensemble. Les Sylphes applaudirent et crie-
rent au miracle. Je ne doute point que lorsque la déesse eut repris ses esprits , elle ne
racontât bien des merveilles de la construction du corps humain. On pourroit conclure de cet événement , que les différentes especes d'êtres peuvent être dangereuses
les unes pour les autres , et que la respi-
ration des hommes est , par rapport aux
Sylphes , ce que le souffle des enfans d'Eole
est à notre égard. Ennuyé à la fin des génies élémentaires , et impatient de voir
arriver ma maîtresse , je fus me reposer
dans un des salons qui donnent sur le jardin ; le premier s'appelle le cabinet des
Dieux ; et l'autre le cabinet des Déesses :
je donnai la préférence aux Immortelles

Aprés avoir admiré quelque tems les ouvrages curieux des Praxitele de nos jours',
je m'arrêtai sur la statue de Vénus sortant
du bain, qui est un peu écartée des autres.
Au bout d'un moment de rêverie, je m'avisai de lui parler ainsi : Puisque je suis seul
avec vous, permettez, Déesse, que je
vous rappelle tous les avantages que la
beauté vous donne sur les autres Immortelles. Il est vrai que Junon est la plus
puissante, Minerve la plus sage, l'Aurore
la plus fraîche, Iris la mieux parée ; mais
que sont, aux yeux même de ces Déesses,
la puissance, la sagesse, la fraîcheur et la
parure, si on les compare à la beauté ! C'est
aux charmes que le beau sexe aspire ; les
Déesses et les mortelles ne cherchent avec
ardeur les autres prérogatives, que pour
se dépiquer de n'être pas assez belles ou
assez aimables. Je voudrois bien, à votre
place, jouir du chagrin de Junon, quand
elle se tue de répéter devant vous, que la
grandeur de la naissance est le seul véritable avantage des Dieux ; je crois qu'il est
bien plaisant de l'entendre parler avec un
mépris souverain des Déesses subalternes,
lorsqu'elle dit, nous autres habitantes de
l'Olympe ne sommes pas faites pour vivre
avec les petites divinités. Mais il n'est pas
moins réjouissant pour vous de savoir que
Minerve et Diane prêchent continuellement
la jeune Hébé sur les devoirs du mariage.

Croyez-nous, disent-elles, c'est la raison qui fait les Déesses : laissez aux mortelles les agaceries et le manege, vous éviterez par-là les mauvais discours des Dieux petits-maîtres ; car c'est la coquetterie de nos jeunes Immortelles qui fait fondre dans l'Olympe ce déluge de couplets qui l'inondent aujourd'hui. Je crois qu'Hébé doit être bien fatiguée de leurs sermons ; et vous savez, Déesse, comment elle les met à profit. Je ne doute pas non plus que les divins maris de l'empirée ne vous jurent tous qu'ils n'ont jamais aimé leurs divines femmes. Le vieux Nérée, le sombre Pluton ne vous offrent-ils pas quelquefois des présens ? Car c'est la ressource des amans ridicules. Vous devez bien rire de leur voir étaler la galanterie de la vieille cour de Saturne ; mais de tous les plaisirs que vous goûtez dans l'Olympe, je n'en vois pas de plus piquant que celui de désespérer sans cesse cette foule de jeunes zéphyrs qui vous obsedent. Quelle comédie de les voir vous lorgner avec art, et vous sourire avec méthode ! Qu'il est plaisant de les trouver cent fois le jour à vos pieds, vous baisant les mains avec fureur, et vous appelant inhumaine, sans savoir pourquoi ! Qu'il est risible de les voir devenir mutins tout-à-coup, vous arracher votre éventail, vous en frapper légérement, vous quitter brusquement, revenir promptement, vous regarder

garder dédaigneusement , vous parler folle-
ment , chanter nonchalamment, siffler ou-
trément , et par vengeance louer leurs
grâces , et se mirer délicieusement dans les
plumes de leurs ailes ! Enfin , Déesse , je
ne finirois jamais , si je voulois compter
tous les plaisirs que l'avantage d'être belle
vous donne ; j'en crois le nombre aussi
grand que celui de vos charmes.

Vous vous étonnez, sans doute, qu'on
puisse avoir une conversation aussi longue
avec une statue : vous le serez encore davantage , quand je vous dirai que je sentis
en ce moment que rien de ce qui est beau,
n'est inanimé , et que le bronze et la toile ,
quand l'art les métamorphose , ont , par le
secours de l'illusion , autant de pouvoir sur
nos ames que la réalité même. Pendant ce
discours , mademoiselle Dest. . . . avoit eu
le tems d'arriver , sans bruit, derriere moi :
elle écouta paisiblement jusqu'à la fin ; mais
aux dernieres paroles que je prononçai , je
me sentis frapper sur l'épaule. Ce coup ,
quoique très-léger , fut pour moi un vrai
coup de foudre ; car en me détournant,
j'aperçus la jalousie personnifiée, qui me
regardoit avec des yeux où la fierté empê-
choit la fureur d'éclater. Allez , me dit-
elle , je ne croyois pas qu'il y eût encore
au monde des Pygmalions , ni qu'on pût
me sacrifier à une statue ; je vous rends vos
sermens; ils me déshonorent : épargnez-moi

Tome II.   E

pour jamais l'horreur de vous voir ; je vous
conseille pourtant de ne pas oublier une
pareille conquête , et d'adorer qui sait vous
plaire. A ces mots la colere , le dépit , la
rage , et toutes les passions ensemble, l'em-
porterent loin de moi. Je restai un moment
aussi immobile que Vénus l'étoit sur son
piédestal. Peu-à-peu cependant je sentis revenir la souplesse de mes nerfs ; je ne me
remuai pourtant encore que par ressort :
enfin , parvenu à sortir de ma place , j'em-
portai chez moi un fond inépuisable de réflexions. Demain , mylord , je vous condui-
rai au dénouement d'une aventure qui m'a
paru durer plus de six mois , par les différens genres de transports , de tourmens , de
projets , de combats , qui tour-à-tour rem-
plirent et déchirerent mon ame. Adieu ,
mylord , fuyez l'amour.

QUATRIEME SOIRÉE.

On ne connoît jamais si bien l'amour ,
mon cher mylord , que lorsqu'on en ressent
les peines. Elles ont un caractere distinctif,
qui empêche qu'on ne les confonde avec
toutes les autres afflictions. Il n'en est pas
toujours de même des plaisirs de ce Dieu ;
ils ressemblent à tous ceux qui piquent vivement nos sens , et qui enivrent notre ame

sans la rassasier. L'impression de la douleur causée par l'amour est plus profonde ; il semble qu'il s'appuie sur le trait qu'il a enfoncé dans le cœur, et qu'il veuille ajouter un poids insupportable aux douleurs aiguës qu'il fait souffrir. Au contraire, ce n'est qu'en voltigeant autour de nous, qu'il nous couronne de ses roses, et qu'il souffle dans nos ames une étincelle de la joie qui brille dans ses yeux : vous devinez sans doute où aboutit ma réflexion. La suite de mademoiselle Dest.... me laissa dans un abyme affreux ; je ne voyois aucun jour pour sortir ; la statue de Vénus me suivoit par-tout, et sembloit me reprocher amérement ma foiblesse : quelque léger que fût mon crime, mes remords me le faisoient paroître énorme : l'amour m'accusoit au fond du cœur ; je me déchirois moi-même par mes réflexions, et je n'espérois trouver de secours que dans les bras du désespoir.

C'est dans cette funeste situation que je reçus une lettre de ma cruelle maîtresse. Je crus mourir en la décachetant ; mon ame se partagea si vivement entre la crainte, et l'espérance, que j'eus peine à résister à la violence des mouvemens dont je fus agité ; mais ce trouble ne dura guere ; et je retombai bientôt dans la mélancolie la plus noire : c'est ce qui me fait penser que l'amour pourroit bien être une maladie contagieuse, dont les suites et les symptômes

sont plus ou moins funestes, selon la différence des tempéramens et des humeurs.
Voici mot à mot la lettre que je reçus.

~~~~~~

LETTRE

De Mlle DEST.... *au chevalier* DART....

Oubliez à jamais mon nom, mes traits,
et sur-tout ma foiblesse ; que rien ne rappelle mon image dans un cœur où j'ai été
méprisée ; n'ayez pas l'audace de penser
à moi ; ne me déshonorez plus en m'offrant
les restes d'une passion mal éteinte : ce n'est
pas votre affreuse inconstance qui me désespere ; elle ne sera jamais aussi entiere
que je le desire ; c'est la crainte d'être encore aimée, c'est la honte de régner sur
votre ame, qui rendent ma vie malheureuse. Jour affreux où j'ai connu le plus
perfide de tous les hommes ! Moment fatal
à ma gloire et à mon repos, où j'ai pu
assez estimer son cœur pour desirer de le
posséder seule ! Quelle erreur m'a séduite,
quelle furie a fasciné mes yeux ! Je crois le
crime inévitable, puisque je n'ai pu me défendre de vous aimer. Un enchaînement
affreux de causes ignorées, m'a ôté l'usage
de la raison et l'exercice de ma liberté ;
mais non, j'ai creusé moi-même l'abyme,

où je suis tombée ; j'ai ajouté foi à vos
yeux imposteurs , à cette physionomie où
toutes les vertus sembloient se peindre ; j'ai
pensé aveuglément que tout ce qui paroissoit aimable , pouvoit être aimé. Malheureuse ! Je n'ai pu résister à mon penchant ;
je vous ai cru tendre et vertueux. Eh ! comment ne pas croire ce qu'on desire si ar-
demment ? Toute ma fierté est tombée devant vous ; je voulois résister , et je ne pouvois que vous aimer ; je me perdois dans
l'éclat de vos yeux, et j'enivrois moi-même
ma raison ; je l'endormois ; de peur d'entendre ses reproches ; mais vous l'avez ré-
veillée , ingrat, elle crie aujourd'hui , elle
vous accuse , ou plutôt elle m'accable moi-
même. Qu'elle me laisse , cette funeste raison , goûter un instant l'espoir de la vengeance. Quoi ! je n'ai pu tenir dans ton
cœur contre une image inanimée ? Le marbre m'a enlevé mon amant ; une statue est
ma rivale ? Tu m'as donc trompée, quand
tu me parlois de mes charmes ? Je n'avois
sans doute aucun droit de te plaire ? Quoi !
je n'étois pas digne de te fixer ? Mais l'orgueil ne me fait-il point illusion ? Ce que
tu aimes ne l'emporte-t-il pas sur ce que
tu as aimé ! Infortunée que je suis ! c'est la
beauté même qui combat contre moi , c'est
la mere des grâces qui me dispute un cœur ;
mais le marbre le plus froid et le plus in-

sensible a-t-il quelque pouvoir sur l'ame
des amans ? Hélas ! c'est le marbre même
que je crains ; il ne change point, sa beauté
est toujours la même ; le tems n'imprime
aucunes rides sur le front des statues ; leur
jeunesse est éternelle, leurs charmes piquent toujours, et le silence qu'elles gar-
dent, assure poar jamais leurs conquêtes.
Oui, je n'aurois point craint la plus aimable des mortelles ; ses discours imposteurs,
la fausseté de ses sermens, l'inégalité de sa
conduite, auroient pu détruire l'ouvrage de
ses yeux ; mais Vénus en silence alarme
plus mon cœur, que si, brillante et parée,
elle te faisoit succéder à Adonis. Tu vois
que je te découvre toutes les blessures de
mon cœur, que je les fais saigner devant
toi ; c'est te dire assez que je déteste les
hommages que tu pourrois me rendre, puisque je t'avoue que je souffre. Sois sûr que
tu ne saurois me guérir, et que je mourrois
de désespoir de t'avouer ma foiblesse, si je
pouvois en avoir encore pour toi.

~~~~~~~~

Tout autre qu'un poëte et qu'un amant
auroit cru, sur une pareille lettre, mademoiselle Dest. . . . plus passionnée que jamais ; mais je ne vis dans ses expressions
que ce qu'elle croyoit y voir elle-même.
Les véritables amans sont toujours trop
crédules. Une maîtresé écrit des injures,

sans songer que son cœur les dément : un amant y est sensible, sans s'imaginer que l'amour en est le véritable auteur. Je croyois d'ailleurs la fierté de la Dest..... si bien établie, qu'il ne me vint pas même dans l'idée qu'elle pût jamais me pardonner. Ainsi mon ame s'abandonna toute entiere au désespoir, et j'écrivis sur-le-champ ce que vous allez lire.

~~~~~~~~~~~~~~~~~~~~~~~~~~~~~~~~

LETTTE

Du chevalier DART... *à* Mlle DEST...

UN crime imaginaire m'ôte pour jamais, mademoiselle, le seul bien que je desirois ; je renonce sans regret à une vie languissante, où je ne pouvois même jouir des illusions de l'espérance : la mort n'est affreuse que pour les heureux ; il est triste de la voir fendre brusquement la foule des plaisirs qui nous environnent, et se faire ainsi un passage jusqu'à nous ; mais quand la douleur a pris place dans notre ame, quand elle en fait sa demeure éternelle, croyez-vous que la vie soit un bien, et qu'on aime à la conserver ? Vivre heureux, ou mourir, voilà la maxime des cœurs sensibles : vous verrez dans peu si je ne saurai pas l'autoriser par mon exemple.

Les lettres sont d'un grand soulagement
en amour ; il semble qu'on se délivre, en
écrivant, du fardeau qui nous accabloit ;
c'est le silence qui nourrit les douleurs : il
faut se plaindre, il faut gémir pour souffrir
moins, et quand on a intéressé toute la
nature à partager ses peines, il semble
qu'on sorte d'une solitude affreuse où la
douleur nous retenoit ; tout y étoit muet
pour nous, tant que nous nous sommes
tus ; mais, au moindre soupir, à la moindre plainte, nous croyons que tout s'empresse à nous écouter, que les objets les
plus insensibles s'animent, et que la nature entiere concourt à plaindre et à sou-
lager nos malheurs. Ainsi vous qui avez
perdu ce que vous aimez, écrivez, parlez,
plaignez-vous ; mais à qui ? A votre maitresse, si elle vit ; à son ombre, si les
dieux vous l'ont enlevée ; aux rochers, aux
arbres, à votre chien, à votre chat, n'importe, il y va de votre bonheur. Le petit
billet que je venois d'écrire m'avoit beaucoup soulagé, et le serment que j'avois fait
à ma maîtresse de mourir pour elle, sembloit m'avoir rendu le goût de la vie et l'u-
sage des plaisirs. C'est dans cette disposi-
tion qu'un mouvement inconnu de curiosité me conduisit dans le salon des dieux ;
j'espérai qu'il me seroit plus favorable que

celui des déesses. Mais quelle fût ma sur-
prise ! Je découvris à travers une porte
vitrée, Dest. . . . qui étoit montée sur le
char d'Apollon sortant des mers, et qui
lui disputoit la gloire d'éclairer le monde.
J'eus peine à m'empêcher de rire ; mais je
réfléchis sur mon aventure avec la statue
de Vénus, et j'augurai que celle d'Apollon
pourroit bien avoir produit le même effet.
Cependant je me cachai le mieux que je
pus, afin de ne rien perdre de cette scene.
Vous croirez sans doute, mylord, que
je vous raconte des songes. Mademoiselle
Dest. . . . cette fiere beauté qui m'avoit tant
reproché mon amour pour Vénus, alloit
avoir une conférence avec Apollon, et
voici quels en étoient les propos : Quand
on est jolie, quand on a de l'esprit, il est
honteux de s'attacher à un mortel ; et puis-
qu'il est des dieux, il faut essayer de leur
plaire. Apollon, flambeau du monde, que
le vulgaire te connoît mal ! Il te prend pour
un globe enflammé, pour une mer immense
de feu. C'est ainsi qu'il te confond avec la
gloire qui t'environne. Mais moi, que tu
daignas éclairer dès mon enfance, moi qui
ose te regarder avec des yeux d'aigle, je
perce les flammes qui t'environnent, et
j'arrive jusqu'à toi ; je reconnois l'astre de
la terre et celui de l'esprit ; tu agis sur l'ame
comme sur la matiere ; tu la fertilises, tu
la desseches à ton gré, tu produis, tu dé-

truis les nuages qui assiegent la raison: monarque des cieux, tu allumes le tonnerre au feu de tes rayons divins ; Dieu du génie, tu l'échauffes, tu l'embrases, et tu en fais sortir des éclairs qui saisissent les bons juges, et qui désesperent les sots. Leve-toi, sors des mers, rends le jour aux amans; ôte-leur l'illusion, ou confirme-la pour jamais ; éclaire ces glaces qui reproduisent ta lumiere ; les belles t'attendent impatiemment : depuis douze heures elles n'ont pu considérer leur image ; laisse-les jouir d'elles-mêmes, laisse-les admirer leurs grâces. Pour moi, je mépriserai désormais les foibles avantages de la beauté, et je n'aurai d'autre amant que le Dieu des sciences et de la véritable gloire. C'en est fait, ton char s'ébranle, tes coursiers bondissent sous ta main, l'air s'ouvre, le ciel brille, je vole. Dieu ! que la terre est petite ! que l'homme est peu de chose ! et que la musique de l'opéra est mauvaise, quand on entend celle des cieux ! Elle est en vérité tout-à-fait dans le goût italien.

Ma foi, mylord, je ne pus y tenir davantage ; j'entrai en riant de toutes mes forces ; et Dest.... tomba du haut de l'empirée avec une colere qu'il fut impossible d'appaiser. Que vous dirai-je de plus ? Elle jura de ne jamais me pardonner ; moi, je jurai de ne l'aimer de ma vie, parce que c'est beaucoup trop que de renfermer tout

à-la-fois dans sa tête les plus extravagans
de tous les dieux , Apollon et l'Amour.

Fin de la quatrieme soirée.

Je viens de peindre les extravagances et
les ridicules de l'amour des poëtes ; il est
juste de finir cet article par un tableau plus
riant et plus avantageux. Il faut voir les
Muses à table , pour connoître tout ce qu'elles valent : on sait quel étoit le parnasse
des Chapelle et des Chaulieu , et combien
ils décrierent la fontaine d'Hippocrene , depuis qu'ils établirent la supériorité du vin
de champagne sur toutes les eaux de l'Hélicon. C'est à table que la poésie brille ;
c'est-là que les poëtes savent faire l'amour ,
et qu'ils rendent des hommages dignes des
grâces et de la beauté. Voyons-les sur cette
nouvelle scene , et n'en parlons plus dans
la suite , de peur d'être aussi ennuyeux que
le sont quelques-uns de leurs ouvrages.

SOUPER D'ÉTÉ.

Il est tems, belle Léonore ,
D'entrer sous ce naissant berceau ,
Où l'onde pure d'un ruisseau
Mouille ce jeune sycomore
Que vos yeux ont trouvé si beau,
On voit sur son écorce tendre
Nos chiffres amoureux tracés ;

Ces chiffrés forment un méandre
Où nos deux noms entrelacés,
Toujours à se suivre empresés,
S'abandonnent pour se reprendre.
Dieu d'amour, daignez les défendre,
Contre les ravages du tems.
Puissent ces beaux nœuds tous les ans
S'unir, s'affermir et s'étendre
Comme les plantes au printems!
   Déjà la table est éclairée
Par l'éclat pompeux des flambeaux;
Et déjà la table est parée
Par les vases et les crystaux;
Lisis, en habit de bergere,
Enferme au fond de la fougere
Les dons de Bourgogne et du Rhin;
Tandis que sa jeune compagne
Porte, en riant, de la campagne
Toutes les faveurs du matin.
Je vois arriver Euphémie
Avec son fidele Damis;
Vous trouvez en elle une amie,
Je trouve en lui tous mes amis:
Par l'union la plus aimable,
L'amitié badine en ce jour
Avec ce frere insociable,
Dont elle a fui long-tems la cour;
Tous deux assis à notre table,
Enivrent nos cœurs tour-à-tour
De cette volupté durable,
Dont l'amitié jouit toujours,
Et de cette ivresse ineffable
Qu'on doit aux faveurs des amours.
Couvrez la table en diligence,
Esclaves, et retirez-vous:
Pour nous gêner, vos yeux jaloux
Semblent être d'intelligence:
               Fuyez;

Fuyez, votre seule présence
Feroit expirer la gaieté ;
Redonnez-nous, par votre absence,
La folie et la liberté.
On m'obéit, Lisis s'empresse,
Et je vois dominer par-tout
Moins d'abondance que de goût,
Moins d'appareil que de finesse ;
Des perdreaux surpris par adresse
Dans les lacets embarrassans,
Où va s'enchaîner leur jeunesse ;
Mille autres oiseaux innocens
Flattent plus la délicatesse
Que ces festins éblouissans,
Où l'affluence et la richesse
Emoussent la pointe des sens.
Arrêtez, heures trop charmantes ;
Que de plaisirs je vois voler !
Que de nectar je vois couler
Par la main de ces deux amantes !
Les Dieux puissent-ils reculer
Le réveil de la jeune Aurore !
Mon cœur plus amoureux encore
Puisse-t-il languir et brûler
Pour ma fidèle Léonore !
Mes yeux attachés sur les siens
Triomphent de la voir si belle.
Ses yeux enflammés par les miens,
N'ont vu que moi ; je ne vois qu'elle.
Toujours quelque nouveau plaisir
De plus près à son char m'enchaîne ;
Toujours quelque nouveau desir
Me la fait nommer inhumaine.
O nuit ! cachez à tous les yeux
Ces objets piquans de ma flamme,
Et sauvez pour jamais mon ame
Du soin d'être jaloux des Dieux.

Tome II. G

Tandis qu'occupé de mon verre,
Je chante, je ris, ou je bois,
Mille soins agitent la terre,
Mille soupçons troublent les rois;
Le regne du repos s'écoule,
Les soucis descendent en foule,
Et les mortels n'ouvrent les yeux
Que pour voir la crainte importune,
Qui dans un miroir odieux
Leur expose de la fortune
Les changemens capricieux.
Aux pieds de celle que j'adore,
J'attends sans crainte le soleil.
Pour moi la vie est un sommeil,
Rien n'avoit pu le rompre encore;
Mais les beaux yeux de Léonore
Viennent de hâter mon réveil.

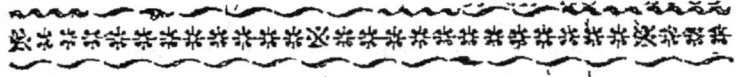

RÉFLEXIONS

SUR

LA CURIOSITÉ.

PUISQUE je suis seul, que le tems est mauvais, et que le monde m'ennuie, je prends le parti de réfléchir et d'écrire, bien résolu cependant de laisser là, et mes réflexions et mes ouvrages, dès que le ciel sera plus serein ; que les Tuileries seront plus belles, ou que la divine Thémire, dont j'aime tant les yeux, l'esprit et le commerce, n'aura plus ni migraine, ni humeur. Les gens du monde, même ceux qui pensent, ne retournent à leurs livres que lorsqu'ils s'ennuient, ou qu'on les boude ; c'est alors, plus que jamais, qu'ils font usage de leur esprit. Ils reviennent chez eux en colere contre toute une rue, et quelquefois contre tout un quartier ; ils entrent dans leur cabinet comme dans un port inaccessible aux fâcheux : quelle joie pour eux de pouvoir médire voluptueusement dans les bras d'un fauteuil commode ! Quel plaisir de n'être point interrompus en travaillant au catalo-

gue des sottises d'autrui ! C'est alors qu'ils
se rappellent toutes les anecdotes du mois
passé. Ils trouvent que dans un aussi court
espace que celui de trente jours, un tel
ne pouvoit devenir plus fat, ni une telle
plus impertinente, et tous deux ont passé
l'espérance commune. C'est ainsi qu'après
avoir opposé les sottises du jour à celles
de la veille, par le cours successif des saisons, ils comptent les progrès du ridicule.
Mais après s'être rappelés que les hommes
ont été toujours les mêmes, ils rejettent du
côté des connoissances qu'ils acquierent de
jour en jour les nouvelles lumieres qui les
éclairent sur la sottise ou la malignité du
genre humain. C'est alors qu'ils commen-
cent à comprendre que la vie du monde
n'est jamais oisive pour un homme d'esprit, et qu'on est suffisamment habile,
lorsqu'on sait démêler finement le caractere
des hommes.

En effet, quelque partisan que je sois de
la lecture, quelque immense que puisse
être son utilité, je loue celui qui, sans
s'arrêter aux peintures morales qu'on a
faites dans tous les siecles, cherche à connoître les hommes dans les hommes mêmes.
Voici quelles sont mes raisons. On peut
regarder l'histoire, ou comme la description
générale de ce qui s'est passé en telle partie du monde, en tel état, en telle province,
en telle ville, ou comme le tableau parti-

culier de la vie d'un seul homme. Si les
objets qu'elle embrasse sont grands, il est
impossible qu'elle descende toujours dans
ces détails intéressans qui dévoilent le cœur
humain, et qu'il est si aisé de saisir dans
le commerce du monde ; en sorte que l'histoire, en nous éclairant sur les faits et sur
leurs époques, nous laisse toujours ignorer
les vrais principes des événemens. Les mé-
moires, quoique plus détaillés, ont le
même défaut. On y voit des caracteres des-
sinés avec beaucoup d'art, mais où l'imagination brille quelquefois aux dépens de la
vérité. En un mot, dans toutes les histoi-
res, il est possible, peut-être, de deviner
quelques caracteres ; mais on ne sauroit jamais en approfondir aucun. La raison en
est bien sensible, c'est l'histoire des morts
qu'on écrit. Un demi-dieu vivant se plain-
dra toujours, qu'après l'avoir couronné de
gloire, on ose lui rappeler la plus légere
de ses fautes ; ma maxime est sûre ; on en
auroit tous les jours l'application : l'orgueil
pendant la vie fait toujours taire la vérité.
Ils périssent enfin, ces grands hommes ; la
nuit du tombeau nous les dérobe pour jamais. Que laissent-ils aux historiens ? Leurs
actions ; mais leurs sentimens et leurs pensées les ont suivis chez les morts : il n'en
reste plus de trace. Ainsi contentons-nous
de connoître, par la lecture, une partie
d'eux-mêmes : partie peu intéressante aux

yeux d'un philosophe, qui se soucie moins
d'être au fait des événemens ; que des motifs qui les ont préparés. Je conclus donc
que, s'il est de l'intérêt des hommes de vivre
ensemble, la premiere de toutes les sciences,
consiste à se connoître mutuellement les
uns les autres. Mais comment apprendre
à se connoître, dira-t-on, sans le secours
de la lecture ? On le peut, en remplissant
les desseins de la nature qui nous ordonne
de vivre en société, et qui nous offre dans
la société même, les moyens de nous connoître. Selon ces principes, la lecture est
en quelque sorte plus utile aux sots, qu'aux
gens d'esprit. Ceux-là, moins occupés des
ressorts qui font mouvoir la scene du monde, que de leur fabrique extérieure, s'a-
musent à voir sans se donner jamais la
peine de chercher. Sans doute que pour
les forcer à réfléchir sur ce qui passe habi-
tuellement sous leurs yeux, la lecture de
l'histoire leur sera utile ; elle leur appren-
dra à pénétrer dans la source des événemens. Ceux-ci, au contraire, étudient avec
ardeur les usages, les manieres, les discours, les gestes mêmes : ardens à pour-
suivre la vérité, prompts à la découvrir,
impatiens de dévoiler l'ame, ils la cherchent dans les yeux, dans le son de la voix,
et jusques dans les ligamens du visage ; ils
écartent, avec art, tous les nuages dont
elle veut se couvrir ; et se servant, pour

la connoître, des efforts qu'elle fait pour
se cacher, ils la poursuivent jusques dans
son siége, la forcent de se peindre elle-
même, et de développer ses replis. Ainsi
la lecture peut simplement piquer et satisfaire leur curiosité, mais elle ne sauroit les
éclairer infiniment sur la manière de se
conduire. Je pousserois plus loin ce raisonnement, si je ne craignois, comme il arrive toujours, que quelqu'un, en lisant ces
réflexions, ne s'imaginât bien sérieusement
que je condamne la lecture, et que fau-
teur de l'ignorance, j'enleve aux sciences
et aux beaux arts, leur aliment et leur
soutien. D'ailleurs, je fais trop de cas de la
curiosité; c'est une passion trop recom-
mandable pour lui fermer la carriere la
plus vaste où elle puisse s'étendre. De toutes les affections violentes qui nous domi-
nent, je n'en connois point dont on puisse
dire, avec raison, tant de bien et tant de
mal. Qu'elle occupe donc le loisir où l'on
me laisse, et qu'elle m'éclaire sur elle-
même. J'examinerai combien elle est frivole, mais singuliere dans les femmes;
combien elle est bornée, mais nécessaire
dans le peuple; enfin combien elle est
dangereuse, et combien elle peut être utile
dans l'homme d'esprit. Auparavant je vais
la peindre avec des couleurs assez extraor-
dinaires.

Ariste croyoit n'être point curieux; il

savoit pourtant qu'il avoit de l'esprit, et ce
n'étoit pas sans peine qu'il accordoit ensemble deux faits aussi incompatibles. Cependant, dès le berceau, il s'étoit aperçu
que le desir de tout voir, de tout entendre, si naturel à l'enfance, n'avoit presque aucune puissance sur son ame. Sensible à la vue des belles choses lorsqu'elles
passoient sous ses yeux, mais paresseux à
les chercher, il laissoit croire aux sots que
le sentiment lui manquoit ; aussi peu in-
quiet des jugemens d'autrui, qu'il étoit satisfait de voir en lui-même les principes
du vrai et les semences du bon goût. Né
pour l'amour, il sentit de bonne heure que
son cœur étoit foible ; il frémit de voir son
ame assiégée par une foule de passions douces en apparence ; il craignoit qu'étant enfin réunies vers un même objet, elles ne
formassent une chaîne d'autant plus indis-
soluble, que par sa douceur elle semble-
roit perdre de l'excès de son poids naturel. Ariste est né le plus sensible et le plus
paresseux des hommes. Une des beautés
de l'Asie arrive à Paris, tout à l'envi s'empresse de la connoître ; les hommes pour
lui plaire, les femmes pour lui chercher
des défauts. Ariste, victime de l'amour,
dès que la beauté se présente, Ariste, aussi
tendre amant que juge éclairé, n'augmen-
tera point la foule des adorateurs de l'é-
trangere : l'embarras de la chercher lui

ôtera le desir de la voir. S'il la rencontre à l'opéra, content de l'avoir trouvée belle, parce qu'elle l'est, il abandonnera vôlon-tiers à un autre le soin de lui plaire et l'espérance d'y réussir ; mais s'il est assis dans la même loge, et qu'il doive souper avec elle, le voilà dévoré de tous les feux de Cythere ; le plus paresseux des hommes est devenu tout-à-coup le plus impatient. Que dirai-je encore d'Ariste ? la musique n'a d'empire sur personne comme sur lui ; mais Amphion bâtiroit au son de sa lyre une seconde Thebes, qu'Ariste, pour être témoin de ce miracle, ne sortiroit pas du fauteuil où il pense. Le détail de ses goûts est immense, et rien n'est plus borné que les démarches qu'il fait pour les satisfaire : livré au moment présent, l'oubliant dès qu'il est passé, ne voyant que lui tant qu'il dure, il ne fait aucun usage de la mémoire, ni pour les peines, ni pour les plaisirs. Voilà en apparence un homme bien peu curieux. Le hasard le mene chez Daphné, il est ému pour elle ; sa paresse voudroit qu'il attendît le moment de lui plaire, son amour le fait naître. Daphné est aimable ; c'est une de ces productions singulieres de la nature, qui se fait gloire de paroître tout ce qu'elle est : active comme le feu, elle dévore l'objet auquel elle s'attache : le moindre goût, s'il n'est rempli, devient en elle une passion furieuse. Aime-t-elle ;

toutes les puissances de son ame se chan-
gent en jalousie. Il est aussi difficile à Daphné amoureuse de cacher sa passion ,
qu'à Daphné indifférente de voiler sa froideur. L'absence de l'amant est l'enfer de
Daphné : victime de sa passion , elle se
consume , elle se détruit elle-même , ou par
les peines , ou par les plaisirs ; jamais son
amour n'est plus près de s'éteindre , que
lorsqu'il est extrême : Daphné paroît aussi
curieuse , qu'Ariste le paroît peu. Emportée
par le goût de la nouveauté , tout ce qui
est singulier l'occupe ; mais son ardeur extrême nuit toujours à ses plaisirs. Elle veut
saisir au même moment tout le bon et le
mauvais de l'objet qui lui est offert , et
souvent elle a le malheur d'y réussir. De-
là , peu de gens lui conviennent. Daphné
connoît trop les hommes , Daphné les connoît trop vîte. Réveillez toujours sa curiosité ; et si votre caractere est épuisé , ayez
l'adresse de vous en faire un autre. Soyez
fou , si vous voulez , mais soyez-le d'une
façon nouvelle ; sans doute que par les
charmes de la nouveauté , vous fixerez son
inconstance. Rien ne se ressemble moins
qu'Ariste et Daphné : c'est sans doute pour
cette raison qu'ils se sont aimé long-tems,
et que peut-être ils s'aimeront toujours.
Un lien inconnu les unissoit tous deux.
Ariste enfin a découvert qu'il s'étoit trompé
sur son propre caractere ; qu'il aimoit

Daphné par curiosité, et que Daphné tenoit à lui par le même nœud. L'un et l'autre furent moins flattés de se trouver aimables, que de se croire singuliers ; ils alloient
à la découverte l'un de l'autre, et s'applau-
dissoient de ne voir jamais diminuer le
fonds où ils puisoient, et de sentir croître
l'envie de se connoître à mesure qu'ils se
connoissoient davantage. Chacun d'eux en
secret se flattoit de posséder une des rare-
tés de l'Europe. Ah ! qu'entre deux personnes d'esprit, un tel commerce doit durer
long-tems ! Car remarquez que, dans les
amans vulgaires, c'est toujours le cœur qui
se lasse le premier ; mais parmi ceux qui
pensent, le cœur est toujours touché, tant
que l'esprit s'amuse. Il suffit d'être curieux
et d'avoir en soi-même de quoi exciter la
curiosité d'autrui, pour plaire long-tems
à une maîtresse aimable, et pour l'aimer
long-tems soi-même.

J'ai dit que la curiosité étoit frivole, mais
singuliere dans les femmes ; on en connoît
qui ont acheté, aux dépens de leur gloire,
la connoissance d'une anecdote ignorée. En
général toutes les passions qui sont fondées
sur les foiblesses, éclatent plus vivement
dans les femmes que dans les hommes ;
mais quoique la curiosité des femmes soit
excessive, je crois qu'on peut en réduire
les motifs à deux articles. Ce qu'on pense
d'elles en bien, ce qu'on pense des autres

femmes en mal, voilà les deux grands objets
de leurs recherches. Tant qu'une femme
est jolie, il est de la derniere importance
pour son amour-propre d'être au fait de
l'impression que ses charmes font sur nos
cœurs. Pourquoi un tel est-il si rêveur aujourd'hui ? A peine laisse-t-il tomber sur
moi quelques regards distraits ; cette langueur touchante ; ce feu intéressant qui rem-
plissoient ses yeux, sont-ils épuisés ? Ai-je
mérité sa froideur en cessant de lui plaire ?
ou ne me suis-je pas trompée sur le droit
que je croyois avoir de le toucher ? Mais
il n'est pas mon amant, qu'importe qu'il
me trouve jolie ? Hélas ! ma gloire, mon
repos, et le plaisir piquant d'enlever un
amant à ma rivale, tout enfin en dépend :
il faut mourir ou ne rien perdre de mes
conquêtes. Là-dessus une femme épuise
toute l'adresse de son esprit, et tout le
manege de ses yeux, pour arracher un
aveu authentique de l'effet que font ses
charmes. Pour peu que le chevalier mette
un prix à sa déclaration, le doute de la
dame la conduira à tout ce que l'amour a
de plus dangereux. Cette rage, car ce n'est
pas simplement une envie ; cette fureur de
connoître si on est aimable, suit les femmes depuis le commencement de leur printems jusqu'à la fin de leur automne. Il en
est de même dont le naturel est si porté à
la curiosité, que dans le fort de leur hiver
elles

elles ne laissent pas de tenter quelques ex-
périences ; mais quand la saison de plaire
est absolument passée, et que la raison
s'est enfin expliquée par la voix du tems,
il reste une autre curiosité aux femmes ;
c'est de savoir si elles ne déplaisent pas. Il
est triste d'être réduit à cette recherche ;
mais comme c'est la derniere ressource de
l'amour-propre, les femmes s'en servent
avec toute la finesse possible. Heureusement que toutes les especes de grâces sont
passageres ; ainsi le beau sexe se console
de la perte de ses charmes, par l'espérance
de voir bientôt flétrir ceux qui font le plus
de bruit. Vous voyez bien Céphise, elle a
été jolie ; le soin qu'elle prend de s'ajus-
ter, montre assez qu'elle voudroit bien l'ê-
tre encore ; ne soyez point étonné de l'excès de sa parure ; Céphise remplace, par
des mouches, toutes les grâces qu'elle
perd ; il n'y a point de fleurs dans sa coiffure, qui ne marquent l'absence de quelque
agrément. Céphise a de l'esprit ; une déclaration fade, un sentiment mal rendu, lui
déplaisent plus que le silence et la froideur : lui dire qu'elle est charmante, c'est
lui faire appercevoir qu'on voudroit bien la
trouver encore aimable, et la complaisance la désespere. Ainsi, pour lui faire
votre cour, parlez-lui peu d'elle-même ;
mais étendez-vous sur le compte des femmes de son âge ; dites-lui que cette fiere

Tome II.   H

beauté, dont vous savez qu'elle a été si jalouse, n'a plus l'air de Déesse ; que toutes
ses grâces se sont tournées en mines for-
cées ; faites le calcul des rides de son front,
des plis de ses joues ; plus il sera long, plus
Céphise vous trouvera d'esprit : si même
vous avez l'adresse de répondre aux ques-
tions qu'elle vous fera, vous en serez adoré.
Par exemple, elle ne manquera pas de vous
dire d'un air satisfait : Mais vous êtes fou !
il ne se peut pas qu'une telle soit si fort
changée, je l'ai vue charmante ! Regardez
alors toutes les raisons qu'elle vous don-
nera pour détruire votre relation, comme
autant de nouvelles recherches qu'elle fait
sur le changement de cette belle personne ;
car voilà les femmes, plus elles sont pres-
sées d'apprendre quelque chose, plus elles
sont singulieres dans les moyens qu'elles
emploient pour y parvenir. Lucile plaisoit
à Cléon, Cléon ne déplaisoit point à Lucile ; elle vouloit savoir quels risques elle
pouvoit courir en écoutant ce nouvel amant.
Vous savez, lui dit-elle un jour, qu'un tel
m'a été attaché long-tems, et que je l'ai
beaucoup aimé : Sans doute, madame, répondit Cléon, et puisque vous n'avez eu
qu'un amant, il est bien triste pour mon
cœur de n'avoir pas joué le premier rôle:
Le premier rôle ! interrompit-elle, vous n'y
pensez pas ; j'ai trent-trois ans, et vous
croyez bonnement ! .... Cléon changea de

visage. Lucile l'ayant reconnu d'une humeur
rop sévere, aima mieux lui laisser croire
u'elle avoit eu plusieurs amans, que de
e donner à un homme qui ne sauroit pas
ardonner une infidélité.

L'art magique, quelque décrié qu'il soit,
e tombera jamais : les femmes le soutien-
ront ; il est important de savoir si cet
mant qu'on vient de prendre, qui est un
eu sot, mais si jeune, ne sera point en-
evé par cette M. . . . qui est un peu laide,
ais si riche ! Aura-t-on toujours un beau
eint, de belles dents ? Enfin se soutien-
ra-t-on long-tems jolie ? Gagnera-t-on au
u ? Sera-t-on bientôt assis à la cour ? Tous
es doutes demandent à être éclaircis ; et
e n'est pas mal-à-propos que du sein de la
auvreté et de l'ignorance, on voit sortir
e malheureux devins, qui tous, ayant lu
ans le livre du destin la même formule, ré-
etent sans cesse les mêmes extravagances,
sont aux yeux du bon sens encore plus
ts que ridicules. Il n'y a plus, Dieu merci,
ue quelques femmes de qualité, quelques
ieux chimistes et tout le peuple, qui don-
ent dans la manie des sorciers : les gens
isonnables n'y pensent plus.

Le peuple est curieux et crédule. Comme
s lumieres sont bornées, il apperçoit du
erveilleux dans tout ce qui sort de l'or-
re le plus ordinaire ; il croit aisément tout
e qui le frappe, et tout ce qu'il n'entend

pas : de-là , cette foule de contes puériles dont on endort l'enfance , et qui laissent quelquefois dans des esprits, bien faits d'ailleurs , des impressions de foiblesse qui les déshonorent. Rien n'est moins étendu que la curiosité du peuple ; ses vues ne se répandent que sur les objets les plus grossiers ; mais il est nécessaire de l'occuper souvent par des spectacles , et de l'engager par des nouveautés ménagées avec art, à supporter la longueur de ses travaux et les peines de son état.

Il ne me reste qu'à dire un mot des dangers et des avantages de la curiosité. Autant les femmes sont curieuses de connoître ce qui se passe , en leur présence , dans le cœur de leurs amans , autant il est dangereux à un homme d'esprit de vouloir approfondir l'ame et les secrets de ses amis. Il est triste pour l'amitié de ne se voir payée que par des protestations vagues et des sentimens frivoles : il est affreux de trouver de la fausseté et de la bassesse où nous croyions voir , où nous adorerions la vérité et la grandeur d'ame : la confiance d'être aimé , est le seul bonheur de la vie ; mais c'est un bonheur appuyé sur une colonne de sable ; en sonder l'intérieur , c'est s'exposer à la renverser absolument. Contentons - nous de savoir en général , qu'il est peu de vrais amis ; suspendons longtems notre choix , de peur de nous expo-

ser à des regrets ; mais tranquilles quand
nous l'aurons fait , jouissons des charmes
de la sécurité. J'étends ces réflexions jusqu'au plaisir même : le définir , c'est le
détruire ; il s'est couvert d'un voile brillant qui s'obscurcit dès qu'on cherche à le
lever. Que je plains ces philosophes malheureux , qui ne trouvent de réel , que ce
qui est durable , et qui laissent échapper
un plaisir avec autant de facilité , qu'un autre auroit d'ardeur en évitant une peine ! Il
est sans doute de plus grands dangers attachés à la curiosité ; mais cet ouvrage est
trop badin , pour souffrir toutes sortes de
réflexions. Je me contente de dire , en pas-
sant , qu'il faut proportionner nos recherches à la foiblesse de nos vues , et qu'il
est des objets si grands et si élevés , que
nous perdrons toujours , et du côté de l'innocence et du côté de la réputation , quand
nous voudrons entreprendre de les pénétrer.
Tournons nos recherches hardies du côté
des sciences humaines ; souvent nous n'ar-
riverons pas au but proposé ; mais les découvertes que nous ferons sur la route nous
vaudront assez d'estime , pour que nous ne
puissions jamais regretter nos efforts. Ce
n'est qu'à l'activité de l'esprit , qu'au desir
impatient de connoître , que nous devons
peut-être et l'invention et la perfection des
arts. La curiosité est une espece d'aiguillon
qui ne cesse jamais de nous piquer. Une

découverte heureuse, une idée utile et nouvelle, loin d'émousser sa pointe, semble
l'aiguiser encore davantage. Le curieux ressemble à l'avare, sa cupidité augmente
avec ses richesses ; mais l'avare renferme
ses trésors, et se prive lui-même de la récompense que méritoient ses soins et ses
fatigues volontaires. Le curieux n'amasse
que pour répandre et que pour jouir ; ses
découvertes passent de provinces en provinces, d'états en états, et suscitent, jusques dans la postérité la plus reculée, des
partisans aux sciences et des admirateurs
aux beaux arts.

RÉFLEXIONS

SUR

LE GOUT DE LA CAMPAGNE.

QUEL spectacle pour un amant de la simple nature ! Assis sur la pointe dés rochers, je vois sous mes pieds une infinité de petites îles qui se forment au gré du caprice des ruisseaux ; je vois tomber avec bruit leurs ondes du haut de la montagne, et se brisant dans leurs chutes, ils vont promener sur la plaine leurs erreurs et leur inconstance. Je crois être le Dieu de la source qui bouillonne à mes côtés : ce siege revêtu de mousse, semble être le trône où la nature m'a permis de monter : elle veut sans doute que je regne sur des lieux où elle triomphe elle-même. Quelle fraîcheur dans l'air ! Quelle odeur charmante dans les herbes qui s'élevent autour de moi, et qui semblent percer le sein aride des rochers, pour les couronner ensuite de leurs feuilles ! Le jour commence à se mêler avec les ombres de la nuit ; mais l'ombre s'éleve insensiblement ; on diroit que le voile qui couvroit la nature commence à se replier. Déjà toute une partie du ciel s'éclaire ; les

astres qui y sont attachés, pâlissent, et
semblent se reculer à l'approche du jour,
tandis que du côté du couchant, la nuit
étend encore, sous les voûtes des cieux,
un voile semé de saphyrs ; les étoffes bril-
lantes qui l'éclairent, semblent ranimer tout
leur feu pour s'opposer au lever de l'aurore ; mais leurs efforts sont vains ; tout
l'orient se pare des plus riches couleurs ;
la nature annonce son réveil à la terre par
la voix de tous les animaux ; un vent pai-
-sible frémit doucement entre les feuilles
des arbres ; et déjà des cabanes voisines,
je vois sortir des torrens de fumée qui an-
-noncent la fuite du repos et le regne du
travail. L'étoile de Vénus dispute seule encore à l'aurore l'empire du matin ; mais
contente d'avoir combattu un moment, elle
prévient sa défaite par une fuite lente, qui
laisse la victoire indécise. Le triomphe de
l'aurore est rapide : image naturelle du
plaisir ; rien n'est si brillant que son appro-
-che, rien n'est si court que sa durée. Un
feu plus vif efface les couleurs tendres
dont elle s'étoit parée : le roi des astres
semble s'élever en ligne droite du sein de
la terre ; et ses premiers rayons montent
en colonnes vers le ciel : la tête des montagnes les plus reculées laisse déjà voir la
moitié de son globe, qui s'agrandit insen-
-siblement, et qui paroît être composé d'une
lumiere trémblante et bleuâtre dans sa cir-

conférence, mais d'un rouge pâle dans son centre. L'astre monte, et commence à former dans sa marche une ligue courbe ; son globe se rétrécit, sa lumiere s'épure, et ses rayons, plus prompts et plus ardens, vont bientôt sécher, par une chaleur modérée, l'humidité de la terre et les présens de l'aurore ; les vapeurs douces qu'ils enlevent, forment en l'air des nuages légers, qui, portés sur l'aîle de l'inconstance et des zéphyrs, ne laissent pas de former des contrastes réguliers dans le vaste tableau des cieux. Quels objets ! Est-il possible que je sois peut-être le seul en ce moment qui s'en occupe ? Que faut-il donc pour piquer la curiosité des hommes ? Que cherchent-ils dans les arts ? Une imitation singuliere de la belle nature, répondra-t-on. Mais l'imitation sauroit-elle jamais approcher de l'objet imité ? Quelle manie, de préférer une ressemblance imparfaite, aux beautés finies de l'original ! Examinons cependant si ces reproches sont fondés. Il est vrai que, pour le plaisir que peut donner une perspective riante ou magnifique, l'art n'a rien à proposer à la simple nature : le plus beau paysage du Titien ne sauroit être comparé à la scene admirable que je vois se passer sous mes yeux. La nature souffle la vie, l'action et la force à tout ce que je vois ; l'art du peintre ne peut que m'en offrir les images. Le palais du soleil dans

Phaëton tiendroit-il contre le spectacle
pompeux dont je viens d'être le témoin ?
Non, sans doute, lorsqu'on considere la
nature ne composant qu'un corps, dont
toutes les parties s'assortissent : quand on
ne détache aucun des ornemens de sa parure, l'art soumis rampe devant elle. In-
finie dans ses richesses et dans ses grâces,
elle couvre de honte un rival qui ne cache
ses défauts qu'à force d'adresse et d'illusion.
Placez un tableau de Raphaël devant un
portrait de Macé, vous vous formerez à
l'instant une juste idée de la nature et de
l'art : c'est dans ce point de vue que je
m'étonne toujours, que tant de gens soient
si peu sensibles aux spectacles brillans qui
se passent tous les jours sous nos yeux.
Quoi ! parce qu'ils sont journaliers, ils ne
frapperont plus ! Le détail n'en est-il point
immense, et le tableau du monde ne souf-
fre-t-il plus d'accidens qui le varient ? Les
saisons offrent-elles toujours les mêmes
couleurs ? Les jours se ressemblent-ils ! et
le ciel paré de nuages où le soleil se joue
avec tous ses rayons ; le ciel assiegé par
des montagnes d'eau, où le tonnerre éclate
à grand bruit, présente-t-il le même tableau ? Mais ne poussons pas plus loin un
raisonnement inutile ; nous préférons la
peinture de ces objets aux objets mêmes,
et nous avons raison ; le goût de *l'imita-*
tion est, sans doute, le plus utile don

de la sagesse de la nature ; elle a voulu
pour la perfection des arts et des sciences, que, frappés en général de la beauté
de ses ouvrages, nous eussions plus de
plaisir à les voir imités, qu'à les considérer eux-mêmes, afin que les charmes
que nous goûterions dans nos travaux,
fussent pour nous un engagement continuel de les perfectionner, et de ne jamais les interrompre. Car, en effet, si
nous sentions vivement toute l'harmonie
des différens corps de l'univers, nous
n'oserions copier ce que nous ne nous
lasserions jamais d'admirer. Mais d'un
autre côté, il faut convenir que certains
ouvrages de l'art l'emportent sur quelques
ouvrages de la nature : on ne me fera jamais concevoir qu'un palais réguliérement
bâti, n'offre rien de plus curieux à voir,
qu'un tas de rochers entassés, où le hasard auroit creusé quelques grottes obscures. Un philosophe préférera peut-être la
grotte au palais ; mais le luxe même, dont
les suites sont si funestes, est admirable
en soi. Ce sont l'intelligence et l'invention
qui l'ont enfin porté à son comble, comme
a dépravation des mœurs en a favorisé
l'abus. Si donc la commodité et la symé-
rie sont des perfections, il faut convenir
qu'elles n'éclatent pas également dans tous
les ouvrages de la nature, comme dans
ceux où l'art excelle. Malgré ces réflexions

qui peuvent être sensées , il est un certain
nombre d'esprits qui préfèrent les beautés
nues de la campagne , aux grâces étudiées
de nos jardins et de nos terrasses. J'avoue,
peut-être à ma honte, que je suis de ce
nombre , et que j'ai la sottise de croire
qu'assis sur mon rocher , je goûte plus de
plaisir que dans le salon le plus délicieux
de Paris. Il semble même que je passerois
volontiers ma vie dans ce lieu solitaire ; la
journée n'est pas bien avancée , je verrai
si ma philosophie ne se démentira point.
Me voilà donc résolu de dîner dans une
des cavités de la montagne : revenu enfin
à cette simplicité dont les poëtes font de
si belles descriptions , je trouve l'antre où
je me suis retiré , commode. Le roc entr'ouvert en plusieurs endroits , donne passage à l'eau la plus vive et la plus pure : sa
chute et son murmure me promettent un
sommeil tranquille et des songes légers.
Non , dans le repas frugal que je vais faire ,
je ne regretterai point le luxe des villes.
Mais , hélas ! je suis seul. Eh , qu'importe ?
La nature est avec moi , elle me parle ,
elle m'éclaire , et cet entretien délicieux me
dégoûte déjà du jargon du monde ,. et de
l'insipide douceur de la galanterie. L'ardeur
du soleil est extrême , mais la profondeur
de ma grotte me sauve des torrens de feu
qu'il lance sur son sommet : les animaux
cherchent l'ombre des arbres , et passent

dans

dans le repos des momens où les herbes
brûlantes n'ont plus la même saveur. Je
suis donc à moi, je crois même sentir renaître au fond de mon cœur cette paix,
compagne de l'innocence, dont je commen-
çois à perdre le souvenir. Mes livres me
suivront dans ma retraite, ils m'empêche-
ront de rompre entiérement commerce avec
les hommes. Je les verrai penser, raisonner et agir ; mais sans rien perdre de tout
ce qui pourroit m'être utile dans leur commerce, je n'appercevrai plus heureusement
que leurs images. Incapables de me nuire,
j'oserai sonder la profondeur de leur ame,
et porter le flambeau dans ce labyrinthe
ténébreux où ils égarent notre raison. Sorti
du tourbillon où ils errent sans cesse au
gré de leurs passions effrénées, je ne serai
que spectateur de leurs manœuvres ; on ne
pourra jamais m'accuser d'en être le complice. Il me sera donc permis ici d'être vertueux : il me sera permis de le paroître. Je
pourrai dégager mon esprit de ce goût frivole que les femmes m'ont donné. Je sentirai donc renaître la force de ma raison,
et le feu de mon imagination. Vérité immortelle, j'oserai te suivre ! j'oserai t'entendre et t'adorer ! La flatterie ou l'ambition ne forceront jamais ma bouche à te
déguiser, et mes yeux ne verront plus les
lâches qui te trahissent ! Enfant terrible de
l'oisiveté et du plaisir, Amour, tu fuiras

loin de moi, ou tu n'y paroîtras que désarmé. Oui, par l'estime, tu fixeras désormais mon choix ; je serai libre au milieu des chaînes dont tu m'auras chargé : tendre sans ostentation , fidele sans effort, ingénu sans art , vertueux sans masque , je ne sentirai que les peines d'une absence courte , qui seront changées dans peu en autant de plaisirs. Sois cruel dans les villes, exige un esclavage servile , foule sous tes pieds la fortune , ou donne-lui à ton gré des aîles. Perds les uns , et fais sortir les autres de la poussiere : sois esclave par ambition , et tyran par nature : monte jusques sur le trône, gouverne le monde, fais pencher la balance de Thémis ; donne le glaive à Mars , l'olive à la paix. Sois en même tems le plus foible, le plus puérile de tous les êtres, et d'une main répands des feuilles de roses , tandis que de l'autre tu feras gronder le feu du ciel. Tranquille dans mon rocher, je verrai le théâtre immense où tu t'exerces , et je me ferai un amusement de l'affaire sérieuse des hommes. Non , l'ennui ne me suivra point ; l'amour-propre me défend de le penser. Déjà un autre tableau vient amuser mes yeux, le soleil se retire, la fraîcheur renaît , une lumiere plus douce, mais plus foible, éclaire la tête des arbres, et l'ombre descend insensiblement vers leurs tiges. Je ne sais quel baume charmant se distille dans les airs :

il semble que la volupté vient de dénouer
ses beaux cheveux, et de répandre les
odeurs charmantes dont elle les parfume.
La douceur des plaisirs se respire avec
l'air, elle suit toujours l'innocence et la
philosophie. Ah ! c'en est fait : je demeure
éternellement dans ce lieu, tout concourt
à m'y fixer. *Cette bergere qui vient de
me faire, en ramenant son troupeau,
une révérence si naturelle et si profonde,
amusera mon cœur, quand mes livres
fatigueront mon esprit.* Mais quel est le
carrosse qui traverse la plaine ? Je crois le
connoître. Les armes, la livrée, tout enfin
me donne la curiosité de le voir de plus
près ; il s'avance vers moi. Dieu ! c'est Thémire, oui, Thémire, la plus aimable de
toutes les femmes ; c'est elle-même, elle
me reconnoît, elle m'appelle. Quel souper
ce soir nous ferons ensemble à Paris ! adieu
mon rocher ! adieu ma bergere ! adieu mes
prés, mes fontaines ! vous pouvez amuser
un cœur qui n'a point de passions ; mais
j'aime mieux renoncer à vos délices, que
d'étouffer le goût qui m'entraîne. Et d'ailleurs, je crois que la vie champêtre, si elle
dure plus de huit jours, n'est belle qu'en
peinture.

Au reste, je ne suis pas le seul qui ait
habité le rocher dont je viens de faire la
description. Une cassette que j'ai trouvée
dans le fond de la grotte, m'apprend qu'un

sage avoit choisi la même solitude. Ce tré-
sor n'est pas de ceux dont on fait le plus
de cas dans ce siecle. Ce n'est pas de l'or,
c'est de l'esprit. Les deux odes anacréonti-
ques intitulées l'*Amour et les Nymphes*,
et l'*Amour Papillon*, insérées dans les
poésies fugitives, *du tome I*, sont les
petites pieces que je choisis au hasard ; on
y trouvera plus de naturel et de naï-
veté, que de justesse et de travail.

DISCOURS

PRONONCÉ

A L'ACADÉMIE FRANÇOISE,

*Par l'AUTEUR, le jour de sa réception à
la place de M. l'abbé GÉDOIN.*

MESSIEURS,

C'EST au besoin mutuel que les hommes
ont de s'éclairer, qu'il faut rapporter l'établissement de toutes les sociétés littéraires ;
et c'est au sage établissement de ces mêmes
sociétés qu'on doit fixer dans toutes les
nations l'époque la plus certaine des progrès de l'esprit humain. Le lycée et le
portique furent dans la Grece les berceaux
de la philosophie et de l'éloquence. Les
académies de la Grece devinrent les écoles
des Romains.

Personne n'ignore que les lettres floris-
santes sous le regne d'Auguste, languirent
bientôt après lui sous l'oppression de la
tyrannie, et périrent enfin dans les se-
cousses violentes qui ébranlerent l'empire

I 3

romain. Les arts ne triomphent que dans
les tems de prospérités ; et les talens en-
dormis dans le sein de la nature, ne s'éveil-
lent presque jamais qu'à la voix des princes bienfaisans : maximes confirmées par
l'histoire de tous les peuples, et en parti-
culier par celle des François. On sait que
Charlemagne ranima les sciences et les arts
assoupis depuis long-tems; mais à sa mort,
leur sommeil léthargique recommença, et
ne fut interrompu qu'après la prise de
Constantinople. Alors les savans de la Grece, chassés par Mahomet II, chercherent
un asile en Italie. Insensiblement les ténebres de la barbarie se dissiperent, et le
bon goût rendu à l'Europe, commença à
effacer les traces profondes de l'ancienne
domination des Goths.

L'Italie marqua la premiere, avec éclat,
le moment de la renaissance des arts ; elle
enfanta presque à-la-fois des philosophes,
des historiens, des poëtes, des peintres,
des sculpteurs, et passa rapidement des
commencemens aux progrès, et des progrès à la perfection.

Alors les grands d'Italie, pour étendre
la gloire naissante des lettres, ouvrirent
leur palais aux talens, et fonderent un
grand nombre d'académies, dont les plus
célebres fleurissent encore aujourd'hui. Les
arts qui s'étendirent par degré dans l'Europe, devoient naturellement se répandre

en foule dans la France ; mais le moment de son triomphe n'étoit pas encore arrivé. François I mérita le titre de restaurateur des lettres. Marot, sous son regne, réforma la poésie ; mais cette brillante aurore annonçoit en vain un siecle plus éclairé. Le génie françois demeura renfermé dans le cercle étroit des ballades et des rondeaux, tandis que l'Italie et le Portugal enfantoient des poëmes épiques. L'ignorance étoit alors un titre de noblesse ; nous ne connoissions d'autre gloire que celle de vaincre nos ennemis ; nous ignorions encore le noble avantage d'instruire nos concitoyens...

Enfin le voile qui enveloppoit la France se déchira. Le même siecle produisit un philosophe qui enseigna au monde à raisonner, un ministre qui apprit aux rois à connoître leur puisssance ; un poëte qui nous découvrit les ressorts des grandes passions, et l'art de faire parler les grands hommes.

Le cardinal de Richelieu, dont le coup-d'œil étoit si prompt et si sûr, jugea que l'âge brillant de la France alloit commencer. Il mesura d'un seul regard la carriere immense que Descartes feroit parcourir à l'esprit humain, et l'espace que rempliroit le génie du grand Corneille. Persuadé que les esprits inventeurs n'éclairent que rapidement leur siecle, et que souvent ils laissent après eux autant de ténebre qu'ils

on avoient dissipé, il résolut de jeter les
fondemens d'une compagnie, où le savoir et
le goût, les connoissances et les talens fussent rassemblés ; où, dans une égalité parfaite, les gens du monde s'instruisissent
avec les savans, et les savans se polissent
avec les gens du monde. Il comprit que
cette union assureroit de la gloire aux
grands, de la protection aux écrivains, et
favoriseroit également la culture des arts et
le progrès de la politesse des mœurs. Il
imagina sagement, que le desir d'être admis dans un corps si respectable, excite-
roit autant d'émulation pour la vertu que
pour la gloire ; et qu'enfin l'académie françoise, en adoptant dans la suite d'autres
sociétés littéraires, opposeroit une barrière
impénétrable à l'ignorance et au mauvais
goût. Le succès répondit aux vues du grand
Armand. Le temple des muses s'éleva sous
les yeux de son fondateur ; et l'émulation
qui développe et perfectionne les talens,
se réveilla de toutes parts. La profession
des lettres devint honorable. Racan, ce fa-
meux disciple de Malherbe, s'illustra, en
ajoutant aux titres de sa maison le titre
d'académicien.

Bientôt après on vit le grand Condé combattre et écrire comme César. La Roche-
foucauld, Bussi, Saint-Evremont, acheve-
rent enfin de convaincre les gens de qualité, que ce n'est pas le titre d'auteur, mais

la maniere dé l'acquérir , qui peut les déshonorer ; que rougir d'écrire , c'est rougir de penser , c'est être honteux d'éclairer son siecle.

Le préjugé qui condamnoit les femmes à l'ignorance , fut enfin détruit. La Suze , la Sabliere , la Fayette , Sévigné , Villedieu , Deshoulieres , apprirent à leur sexe que les connoissances ne nuisent point aux grâces , que souvent elles y ajoutent ; et que s'il est toujours avantageux d'avoir de l'esprit , il n'est jamais ridicule de le cultiver.

C'est par cette communication réciproque des gens du monde et des gens de lettres , par cet échange continuel des agrémens et des connoissances , que la langue françoise parvint à ce degré d'élégance , de pureté et de force où la porterent bientôt les Bossuet , les Despréaux , les Racine , et les Fléchier. Marquer les progrès de l'esprit sous le regne passé , c'est faire l'histoire de l'académie françoise.

LOUIS XIV , ce monarque à qui le ciel , par une faveur presque unique , avoit donné dans tous les états et dans toutes les professions , de grands hommes pour sujets , démêla bientôt les causes du rétablissement du goût ; il en rapporta l'origine à l'académie françoise , et en l'honorant de sa protection , il voulut que l'éclat de la récompense marquât l'importance du service. Ce grand prince n'ignoroit pas que les

mœurs s'adoucissent à mesure que les esprits s'éclairent. Ainsi, Messieurs, quand
il vous ouvrit son palais, quand il vous
reçut au pied du trône, il attendit de l'exemple de vos vertus, autant d'avantages pour
la société, que vos ouvrages en avoient
procuré à l'empire des lettres. Il recueillit
le fruit de ses espérances. L'académie françoise, dès son établissement, avoit prouvé
dans l'examen du Cid, qu'on peut juger un
ouvrage avec sévérité, sans manquer d'é-
gard pour la personne de l'auteur; la différence de la critique et de la satire est mar-
quée si clairement dans cet examen rigoureux, que la probité désormais ne peut
plus les confondre.

Ne semble-t-il pas, Messieurs, à la sagesse de vos jugemens, que votre second
protecteur, ce chef si respectable de la justice, vous ait laissé en partage l'esprit d'é-
quité et de modération? Héritiers de cet esprit, vous le communiquez à tous ceux que
vous daignez adopter. Le Juvenal du siecle
passé apprit parmi vous à tempérer l'amer-
tume de son style. Le hardi critique d'Homere donna à la muse de notre siecle des
leçons de politesse qu'il auroit dû recevoir
d'elle. Ainsi, Messieurs, vous êtes tout
à-la-fois les modeles des écrivains estimables, et l'exemple des bons citoyens.

Ce double éloge vous rappelle nécessai-
rement le souvenir de l'illustre académie

cien, à qui j'ai l'honneur de succéder.
Homme de lettres et homme du monde,
il avoit partagé sa vie entre les travaux de
l'étude et les douceurs de l'amitié. Admirateur des Grecs et des Romains, il en
devint l'heureux interprete ; ses traductions
ressemblent aux belles copies de l'antiquité,
qui font revivre dans un travail moderne,
le feu et l'esprit de l'original ancien. Sensible aux agrémens de la société, M. l'abbé
Gédoin porta et conserva dans le monde un
cœur droit, une ame simple ; et par un
contraste assez rare, il unit à la chaleur
la plus vive, dans les contestations, un
fond inépuisable de bonté et de douceur.
On a besoin, pour louer les hommes vulgaires, d'empruntur les ornemens de l'éloquence ; la simplicité des faits suffit à l'é-
loge du vrai mérite. M. l'abbé Gédoin
rendit des services aussi importans à la
république des lettres, que ses ancêtres en
avoient rendu à l'état dans les emplois du
ministere de la guerre, pendant l'espace
de plus de trois siecles. Il eut des amis à
qui il fut fidele ; il en est regretté ; leurs
larmes sinceres honorent plus sa mémoire
qu'un vain tribut de louanges.

Vous m'avez choisi, MESSIEURS, pour
succéder à cet homme célebre ; puissé-je
un jour répondre à vos vues ! je sais qu'en
m'associant à votre gloire, vous avez moins
prétendu couronner mes foibles talens, que

les encourager. Ma jeunesse, qui me rend
plus capable de profiter de vos leçons,
loin de me nuire, a parlé en ma faveur.
Vous vouliez sans doute faire asseoir parmi
vous, dans le même jour, un des maîtres
de la langue françoise (1), et adopter un
éleve. Je pénetre vos intentions ; vous marquez par vos bienfaits les tributs que vous
exigez de ma reconnoissance ; je connois
déjà le genre d'ouvrage auquel vous me
destinez ; je vois le héros que je dois cé-
lébrer ; vos vœux seront remplis : recevez
mes engagemens, daignez les porter aux
pieds du trône de votre auguste protecteur.
Oui, Messieurs, à votre exemple, je con-
sacre dès aujourd'hui toutes mes veilles,
tous mes travaux, au défenseur des rois,
au pere du peuple, au héros de la guerre,
à l'ange de la paix.

_____

(1) M. l'Abbé Gnard.

RÉPONSE

~~~~~~

RÉPONSE

De l'AUTEUR, au discours de réception de M. DUCLOS.

MONSIEUR,

JE ne dois point au caprice du sort l'honneur de présider à cette assemblée ; l'académie françoise a voulu confier à vos amis le soin de vous marquer son estime. Elle auroit choisi entr'eux, pour parler en son nom, si elle n'eût été sensible qu'à sa gloire, un homme dont les talens sont connus, dont les succès sont assurés, et qui, né à la cour, pourroit négliger les lettres, s'il avoit moins d'esprit, et leur donner un nouvel éclat, s'il étoit moins modeste.

En me réservant l'honneur de vous recevoir dans son sein, l'académie, MONSIEUR, n'a point consulté mes forces, elle ne s'est souvenue que de mes sentimens ; elle a envisagé comme une récompense de mon zèle et de mon respect pour elle, le plaisir que j'aurois de vous couronner à ses yeux, et de mesurer le tribut d'estime qu'elle m'ordonne de vous rendre aux éloges qu'inspire l'amitié.

Tome II.   K

Ces lieux ont assez retenti des louanges
de l'esprit et du génie ; c'est à l'amitié,
c'est à ce sentiment respectable que je con-
sacre aujourd'hui mes foibles talens.

Quel heureux moment pour vous et pour
moi ! Je n'ai point à craindre de vous trop
louer ; vous n'aurez point à rougir de mes
louanges : l'éloge d'un ami est toujours
exempt de flatterie. L'homme indifférent
peut à son gré dissimuler les défauts, exa-
gérer les bonnes qualités, supposer des vertus ; mais l'ami ne suppose rien dans son
ami, il sent tout ce qu'il exprime ; et s'il
se trompe quelquefois sur l'étendue du mérite, il ignore toujours qu'il se soit trompé,
Plus il est sensible, plus il est susceptible
de prévention ; l'illusion qui le séduit, le
charme en même tems qu'elle l'égare.

C'est pour me défendre, autant qu'il est
en moi, d'une illusion si flatteuse, que
j'éviterai de m'étendre sur le succès de vos
différens ouvrages. Ce n'est point à votre
ami à vous dire, que l'esprit qui y regne est
un esprit de lumière et de feu qui vole, rapidement à son but, qui dévore tous les
obstacles, dissipe toutes les ténebres, et ne
néglige quelquefois de s'arrêter sur les divers accidens qui précedent, accompagnent
ou suivent les objets, que pour présenter
plus vivement les objets mêmes. Il n'est
permis qu'à des juges sans prévention d'apprécier la noble hardiesse d'un écrivain qui

s'écarte des routes communes, non par singularité, mais parce que son génie lui en ouvre de nouvelles ; qui attaque avec force l'empire injuste des préjugés, et respecte avec soumission toutes les lois de l'autorité légitime.

Je laisse à vos justes admirateurs le soin d'applaudir à votre esprit ; mon devoir est de parler de votre cœur ; de développer, de faire encore mieux connoître cette partie de vous-même, si intéressante pour nous, et sans laquelle, en vous décernant la couronne du talent et de l'esprit, nous aurions gémi de ne pouvoir vous accorder le prix de notre estime.

Je dois rappeler, pour la gloire des lettres, ce tems à peine écoulé, où l'honneur d'être assis parmi nous excita l'ambition d'une foule de concurréns estimables. Le public et l'académie même partagés entre un écrivain célebre, et un homme qui joint au mérite littéraire l'avantage d'être utile à l'état, s'occupoient sans cesse des deux rivaux, défendoient avec chaleur leurs intérêts, et attendoient avec une impatience mêlée de crainte le moment marqué pour le triomphe. Jamais victoire ne fut mieux disputée ; jamais au milieu des sollicitations les plus puissantes, la liberté de l'académie, si nécessaire au bien des lettres, et le plus grand des bienfaits de notre auguste protecteur, ne se conserva si pleine et si

entiere ; jamais deux émules ne s'estimerent
de si bonne-foi, et ne se firent la guerre
avec tant de probité. Ils combattoient sans
crainte, persuadés que le vainqueur devien-
droit l'ami le plus zélé de son rival, au
moment qu'il seroit nommé son juge.

L'événement justifia cette confiance réciproque ; l'un et l'autre parti se réunit, les
suffrages se confondirent pour être unani-
mes, et les juges cesserent d'être partagés
entre les deux concurrens, dès qu'ils eu-
rent deux couronnes à leur offrir.

Vous ne devez pas regretter, Monsieur,
de n'avoir pu solliciter vous-même une
place que nous vous destinions depuis long-
tems. Vos amis, pendant votre absence,
ont achevé de lever le voile qui déroboit
vos vertus ; ils ont révélé ces secrets de
l'honnête homme, ces actions généreuses
faites sans ostentation, et toujours cachées
avec soin ; ils ont mis dans le plus grand
jour cette noblesse de sentimens, cette simplicité de mœurs, ce fond de franchise et
de probité qui déconcerte souvent la dissi-
mulation, et attire toujours la confiance.

Pardonnez-moi, Monsieur, de m'occuper si long-tems de vous ; peut-être un
jour, placé où je suis, verrez-vous entrer
dans ce sanctuaire des Muses un ami ; vous
sentirez alors combien il est doux de pouvoir le louer publiquement, et combien il
est difficile d'abréger son éloge.

Je n'ajouterai rien au portrait que vous venez de faire de votre célebre prédécesseur ; vous avez saisi tous les traits qui peignent son esprit , qui caractérisent ses ouvrages ; et je les affoiblirois , si j'essayois de les imiter. Je me contenterai donc de remarquer que M. l'abbé Mongault ; dans ses excellentes traductions ; a su asservir avec tant d'art la langue françoise au génie de la langue latine et de la langue grecque , que les expressions seules sont changées , et que l'esprit de l'original , conservé tout entier , semble avoir repris une nouvelle vie. Hérodien, dans son histoire, Ciceron, dans ses lettres , parlent comme des François , et ne cessent pas , s'il est permis de s'exprimer ainsi , de penser comme des anciens.

M. l'abbé Mongault eut encore un autre genre de mérite plus rare et plus grand aux yeux de la raison. Sévere critique des originaux dont il faisoit de si belles copies , il aperçut des défauts dans l'orateur latin , et un grand nombre de fautes dans l'historien grec ; il osa les relever avec une hardiesse presque sans exemple. Sans doute la supériorité de son esprit pouvoit seule l'empêcher de tomber dans cette espece d'idolâtrie si commune aux traducteurs.

Venez , Monsieur , nous consoler de la perte d'un écrivain si estimable ; nous sommes en droit d'attendre de vous les mêmes

secours., Comme lui ,. vous appartenez à
une compagnie florissante, qui , sortie autrefois du sein de l'académie françoise ,
nous rend, par reconnoissance les trésors
de lumiere qu'elle reçut autrefois de nous.
Venez nous faire part des richesses qu'elle
découvre tous les jours , et portez -lui en
échange ces principes de goût , ces finesses
de l'art d'écrire qui font l'objet de nos recherches.

Vous verrez régner dans nos assemblées
l'égalité la plus parfaite ; malgré la différence des conditions ; la docilité la plus
grande , malgré la supériorité des lumieres ;
la concorde au milieu des talens , et l'union
entre les rivaux.

Vous verrez l'académie , toujours équitable , ne mépriser dans ses plus cruels ennemis , que l'injustice de leur prévention , et
louer , même de bonne-foi , les dons précieux de l'esprit dont ils abusent contre elle.

Vous verrez enfin dans ce temple des
Muses , les vertus exciter autant d'émulation
que les talens. Oui , Monsieur , l'estime
d'un roi protecteur des arts , les bontés
d'un monarque pere de son peuple , sont
pour l'académie françoise des motifs d'ambition plus puissans que les applaudisse-
mens de l'univers , et les louanges de la
postérité. Admis au pied du trône , vous
bénirez avec nous le regne de la justice ;
vous célébrerez les succès de la guerre

sans perdre de vue les avantages de la paix.
L'encens de la flatterie ne fume point devant notre maître ; le roi méprise la louange ; il n'aime que l'expression du sentiment. Que nous sommes heureux ! En ne
disant que la vérité, nous faisons l'éloge
de son règne.

Bientôt son palais va retentir de nos
chants ; bientôt un fils digne de lui, un
prince, l'espérance des François, qui au
sortir de l'enfance connoissoit déjà la probité, et l'honoroit de ses éloges, va s'unir
au pied des autels à une princesse illustre,
qui ne doit qu'à ses vertus le bruit de sa
renommée. Bientôt ces deux augustes époux
vont former ces liens respectables qui assu-
rent la gloire du trône et la félicité des
peuples.

Que leurs nœuds sacrés soient éternels ;
que leur bonheur surpasse leurs espérances, et égale l'ardeur de nos vœux ! Une
semblable union annonce à la postérité la
plus reculée, des princes justes ; aux ennemis de la France, des vainqueurs généreux, et des arbitres à l'Europe.

COMPLIMENS

Faits à Versailles le 13 avril 1747,

Par L'AUTEUR ; directeur de l'académie françoise , à l'occasion de la mort de la reine de Pologne.

AU ROI.

Sire,

Tous vos sujets , et même vos ennemis, admirent dans Votre Majesté le grand roi , le vainqueur généreux , et le protecteur de la justice. Permettez , Sire, à l'académie françoise , toujours occupée de votre gloire , d'admirer sur le trône un monarque tendre et compatissant , qui essuie les larmes de sa famille auguste, qui calme et partage sa douleur , et à qui les liens du sang et les nœuds de l'amitié sont aussi chers que les droits de sa couronne. Un héros n'illustre que son siecle ; un roi sensible fait honneur à l'humanité.

~~~~~~

A LA REINE.

MADAME,

Nous n'osons exprimer à VOTRE MAJESTÉ les sentimens dont nous sommes pénétrés ; un mot peut faire couler de nouvelles larmes. Jugez, MADAME, combien l'académie françoise est touchée de vos regrets par la crainte qu'elle a d'en rappeller la cause. Qu'un zele si pur, que des hommages si sinceres puissent consoler VOTRE MAJESTÉ ! Quelque juste que soit votre douleur, nous ferions nos efforts pour la calmer, si nous ne savions pas que le courage est insépa- rable de la vertu.

~~~~~~

A MONSEIGNEUR
LE DAUPHIN.

MONSEIGNEUR,

SI nos vœux sont remplis, vous ne ver- rez plus l'académie françoise vous offrir le tribut de sa douleur. Nous espérons, MONSEIGNEUR, ne paroître à l'avenir devant vous qu'animés par la joie, ou conduits par la reconnoissance. Que ne devons-nous pas attendre de vos bienfaits ! Vous accordez aux beaux arts, en les cultivant vous-même, la protection la plus glorieuse et la plus utile.

A MADAME
LA DAUPHINE.

MADAME,

LES nœuds sacrés que vous venez de former avec un prince, l'amour des François, vous rendent propres tous ses sentimens. Vous partagez aujourd'hui ses regrets; puissiez-vous à l'avenir ne ressentir que son bonheur! Que sa félicité, MADAME, soit toujours votre ouvrage, comme elle est la source de nos espérances! La vertu que vous rendez aimable, vous donne des droits éternels sur son cœur, et vous assure à jamais de nos hommages.

COMPLIMENT

FAIT au ROI à son retour de l'armée, le 28 septembre 1747.

SIRE,

LES succès rapides n'ont acquis aux princes les plus heureux que le titre de conquérant; les obstacles vaincus de toutes parts vous ont mérité celui de héros; et votre amour constant pour la paix, au milieu des prospérités de la guerre, vous assure à jamais les noms de sage et de pere de la patrie.

PIECES

ADRESSÉES

A M. LE C. DE BERNIS.

ÉPITRE

A SON EXCELLENCE (1).

M. LE C. DE BERNIS,

*Sur la conduite respective de la France
et de l'Angleterre.*

Vous en qui la candeur, la foi, la vérité,
Des mœurs de la nature ont la simplicité,
Ministre citoyen, vertueux politique,
Bernis, cet art profond où votre ame s'applique,
N'est donc point l'art de feindre et de dissimuler,
D'engager sa parole et de la violer,
D'ébranler d'un état les fondemens paisibles,
De tendre aux souverains des piéges invisibles,
Et de leur présenter, pleine d'un doux poison,
La coupe du mensonge et de la trahison.
   D'un fourbe ambitieux tel est l'affreux manége;
Des plus saintes des lois infracteur sacrilége,
Ou de ruse ou de force il veut tout asservir.
Le crime est sa vertu dès qu'il peut le servir.
   C'est cette ambition tyrannique et fatale,
Qui de la politique inventa le dédale.
Elle avoit tout à craindre en osant éclater;
Pour subjuguer le monde il fallut le flatter:

---

(1) M. le C. de Bernis étoit alors ambassadeur
auprès de leurs majestés impériales.

Tome II.   L

Des traits de la justice on colora l'injure ;
A l'ombre des sermens s'éleva le parjure,
La trahison suivit la foiblesse et la peur,
Et cacha son poignard sous un voile trompeur.
　　Mais s'il est une intrigue obscure et tortueuse,
Il est une sagesse et noble et vertueuse.
Fille de la justice et mere de la paix,
Son trône est entouré des heureux qu'elle a faits.
Elle se montre aux rois, telle qu'aux jours d'Astrée.
Sur la terre encor pure elle fit son entrée :
Ses traits d'un faux éclat ne sont point revêtus ;
Elle est nue et sans art, comme il sied aux vertus.
Qu'auroit-elle à cacher ? Sa bonté généreuse
Ne desire plus rien, quand la terre est heureuse.
L'honneur et l'équité, la concorde et l'amour
Soutiennent sa couronne et composent sa cour.
Que dans son sanctuaire on pénètre à toute heure ;
Un soleil sans nuage éclaire sa demeure :
Ses oracles sacrés n'ont rien de captieux,
Et leur livre est sans cesse ouvert à tous les yeux.
　Du roi que vous servez telle est la politique.
Il ne demande en vous qu'un sage véridique :
Montrez dans tout leur jour les vertus de son cœur,
Bernis, à l'artifice opposez la candeur.
C'est à nos ennemis à chercher les ténebres.
Mais déjà leurs complots ne sont que trop célebres.
L'Anglois a dit (1) : « Les mers bornent mon ho-
　》 rizon,
　》 Leurs bords sont mes remparts ; mais ils sont ma
　　》 prison ;
　》 L'Europe a beau changer de face et de fortune,
　》 Tourbillon séparé de la sphere commune,
　》 D'un feu séditieux consumé vainement,
　》 En serai-je moi seul la proie et l'aliment ?

_____

(1) On remonte ici aux tems d'Henri VIII et de
la reine Elisabeth.

» Répandons au-dehors ce feu qui me dévore:
» Hâtons-nous d'asservir l'Océan libre encore;
» Et qu'un monde nouveau, par moi seul dominé,
» Se joigne aux bords étroits où je suis confiné. »
　　A ces mots, les deux mers se couvrent de ses
　　　　voiles.
Ses peuples vont chercher de nouvelles étoiles;
Et son vaste commerce à peine encor naissant,
Vole d'un monde à l'autre, et revient florissant.
　　Le Portugal heureux et l'Espagne opulente
Promenoient sur les mers leur fortune indolente.
Sans desirs, sans besoins et sans activité,
Du fruit de leurs travaux Londre avoit hérité.
De ses fers échappé le Batave intrépide
Avoit pris dans la paix un essor plus rapide.
Du luxe de l'Europe agile messager,
Son regne fut brillant, mais il fut passager.
L'ambitieux Anglois ne veut point de partage.
Ce rival à ses yeux est fait pour l'esclavage:
Il l'attaque, il le presse, il veut le mettre aux fers;
Il est vaincu lui-même, il est chassé des mers;
Il flatte le vainqueur, l'appaise, le désarme.
Le Batave en ses mains se livre sans alarme,
D'un roi qui l'a vengé (1) se détache pour lui;
L'Anglois au poids de l'or lui vend un foible appui,
Et sous le nom d'ami s'en faisant un esclave,
L'abaisse, l'affoiblit, le dépouille et le brave.
　　Cependant le François, par l'Anglois dédaigné,
Alarme en s'élevant son orgueil indigné.
Peuple doux et léger, mais courageux, docile,
Inventeur négligent, imitateur habile;
Demain profond dans l'art qu'il effleure aujourd'hui,
Il laisse, en se jouant, ses maîtres après lui.
　　Industrieux François, remplis tes destinées.
Les mers, pour recevoir tes poupes fortunées,

_____

(1) Louis XIV.

L 2

Embrassent tes états, te présentent leur sein ;
Leur rivage à tes pieds s'arrondit en bassin.
Tes fleuves nourriciers, la Loire vagabonde,
La rapide Charente et la vaste Gironde,
La Seine aux flots d'argent, le Rhône impétueux ;
Attendent des deux mers les tributs somptueux.
Le Pin (1) cherche ta voile, et des monts se détache ;
Le chêne, pour voguer, vient s'offrir sous ta hache ;
Le fer, né sous tes pas, dans tes forges coulé,
Prêt à vomir la foudre, en cilindre est moulé ;
Une écorce légere, au défaut de la soie,
Se replie en cordage, en voile se déploie ;
Le sapin te prodigue un bitume onctueux ;
Rien ne manque à tes arts, tout seconde tes vœux.
L'Aurore et le couchant appellent tes pilotes :
Ils partent : et bientôt le retour de tes flottes,
Etale les tributs de Smyrne et de Tunquin,
Les fruits de l'Amérique, et l'or de l'Africain.
Les baumes, les parfums de la fertile Asie,
Et du grain de Moka l'odorante Ambroisie,
Et l'azur d'une plante (2), et le miel d'un roseau (3)
Et du ver indien (4) le précieux réseau,
Et ce riche duvet (5) qu'une main délicate,
File sous les palmiers de Golconde et Surate,
Dans tes ports enrichis attirent tes rivaux ;
Pour toi nouveaux trésors, pour eux besoins
        nouveaux.
L'envie en frémissant s'éveille à ce spectacle.
Peuple jaloux, pourquoi, sans trouble et sans
        obstacle,
Par les mêmes travaux ne pas vous signaler ?

_____

(1) Les Pyrénées peuvent fournir à la France des
mâts et des bois de construction aussi beaux et peut-
être meilleurs que ceux du Nord.

(2) L'indigo.   (4) Le ver à soie.
(3) Le sucre.   (5) Le coton.

L'heureux François n'oppose, à qui veut l'égaler ;
Que l'émulation, la valeur, l'industrie,
Les talens et les arts enfans de sa patrie.

L'Anglois, tyran des mers, sûr de son ascendant,
Prétend seul de Neptune usurper le trident,
Il s'est déjà soumis de contrée en contrée,
Les plus riches climats de l'Inde hyperborée,
Et ces bords tant de fois usurpés et repris,
Sont pour lui de la paix et le gage et le prix (2).
Dès colonnes d'Hercule au détroit du Bosphore,
Et des glaces d'Hudson jusqu'aux sables du More ;
Ses vaisseaux dans leur course embrassent l'univers ;
Mais pour lui nos succès sont autant de revers.
D'une rivalité paisible et généreuse,
Il craint de hasarder l'épreuve dangereuse.

Stairs (2) semble s'écrier du bord de son tombeau :
« Citoyen, de la guerrre allumez le flambeau,
» Des rivaux de France aiguillonnez la haine ;
» Mais ne vous flattez point de l'espérance vaine,
» De vaincre en ces climats un ennemi puissant,
» Qui peut vous accabler, même en s'affoiblissant.
» Achetez, s'il le faut, des bras qui le détruisent ;
» Contre vos alliés que ses efforts s'épuisent.
» Mais vous, sans plus chercher dans des combats
        » douteux,
» Une gloire sanglante ou des revers honteux,
» Portez loin de ces bords vos forces réunies :
» Submergez ses vaisseaux, brûlez ses colonies.
» C'est-là que, dans sa source, il faut aller tarir
» Ce commerce fécond qu'il ne peut secourir.

_____

(1) La paix d'Utrecht.

(2) Le systême de mylord Stairs est connu de
toute l'Europe. Sa plus grande frayeur étoit que la
France eût une marine. Les Anglois, disoit-il,
doivent l'écraser à quelque prix que ce soit, dès
qu'ils la verront s'élever.

L 3

» Qu'on nomme vos exploits conquêtes ou rapines;
» Allez de sa puissance attaquer les racines,
» Et vous verrez bientôt se flétrir de langueur
» Cet arbre dont la seve entretient la vigueur. »
  Londres grave en airain ces leçons dans ses fastes;
Tout semble conspirer à des projets si vastes :
L'Europe est embrasée, et l'empire françois,
Vainqueur, mais accablé de pénibles succès,
Entouré d'ennemis, consume dans la guerre,
Et son or et son sang répandus sur la terre (1).
Les vainqueurs, les vaincus, dans ce triste univers;
Tout gémit ; et l'Anglois triomphe sur les mers.
  Instruits par le malheur, les peuples se demandent:
« Pour qui coule le sang que les glaives répandent,
» Et pour qui pleurons-nous nos enfans égorgés,
» Nos murs réduits en poudre et nos champs ravagés?
» L'Anglois seul, enrichi de la perte commune,
» Veut sur notre ruine élever sa fortune;
» Mais qui de nous est fait pour être aveuglément
» De son ambition la proie ou l'instrument?
» Des îles de Colomb aux rivages de l'Ourse,
» Quand le fer destructeur aura marqué sa course;
» Quand nous l'aurons rendu plus fier, plus dan-
    » gereux;
» En butte à ses complots, serons-nous plus heu-
    » reux ?
» L'un à l'autre il nous vend comme de vils esclaves.
» Il a par les François ruiné les Bataves ;
» Pour épuiser la France il aime les Germains,
» Qu'il détruira peut-être un jour par d'autres mains.
» Jadis (2) pour l'Acadie il eût livré l'Autriche,
» Toujours prêt à courir au butin le plus riche;

---

(1) Guerre de Bohême.
(2) L'Acadie cédée aux Anglois, fut une des conditions du traité d'Utrecht, qui assure la couronne d'Espagne à la maison de Bourbon.

» Que son intérêt change, il change de parti ;
» Et n'offre à qui le sert qu'un joug appesanti.
» A ce funeste joug c'est trop livrer nos têtes :
» Qu'il poursuive lui seul ses injustes conquêtes,
» Et qu'on ne dise plus que son or corrupteur,
» Est du sort des états l'arbitre et le moteur. »

   Ainsi l'Europe enfin s'éclaire et se dégage.
L'Anglois en vain trois fois la rappelle au carnage ;
Trois fois (1) vaincu lui-même il fuit en menaçant,
Et réduit à la paix (2), la signe en frémissant.

   Sur l'Océan calmé les hostilités cessent,
L'espérance et l'ardeur dans nos îles renaissent,
Le commerce effrayé rappelle ses esprits ;
D'abord foible et timide, il sort de ses débris ;
Pas à pas il s'étend, s'affermit et s'élève,
Et l'envie aussitôt contre lui se soulève.
La paix tenoit ce monstre à ses pieds enchaîné ;
Mais bientôt de ses fers il sort plus effréné.

   L'orage qui se forme aux bords de l'Acadie,
Menace l'univers d'un nouvel incendie ;
L'Anglois en l'excitant feint de le conjurer ;
Il atteste la paix que l'on vient de jurer,
Il l'atteste, et médite, implacable en sa haine,
Du Canada surpris l'invasion soudaine.
Tel étoit ce projet si terrible et si vain ;
Dont Shirley parmi nous fomentoit le levain.

   Le piege est découvert ; retirez vos arbitres,
Anglois : les attentats sont désormais vos titres,
Qu'on n'examine plus vos droits ni vos desseins.
Ennemis dans la paix, dans la treve assassins ;
Vous avez révolté la grossiere droiture
D'un peuple qui n'avoit pour loi que la nature.
Du parti le plus juste il s'est enfin rangé ;

---

(1) A Fontenoy, à Raucoux, à Lawfeld.
(2) La paix d'Aix-la-Chapelle.

Vous osez le proscrire ; il sera trop vengé.
Sa massue (1) a déjà secondé votre épée,
Et déjà , d'une main dans le meurtre trempée ,
Il montre à ses enfans vos cheveux tout souillés
Du sang qui fume encor sur vos fronts dépouillés.

    Braddock , ce confident d'une trame perfide ,
De vos brigands armés ce redoutable guide ,
Les voit périr , succombe , et nous laisse en mourant
D'un complot détesté l'aveu déshonorant.

    Honteux , désespéré de ce revers funeste ,
Dans toute sa fureur l'Anglois se manifeste ,
Semblable à cet esprit du ciel précipité ,
Que l'Homere de Londre a si bien imité :
Son orgueil confondu s'endurcit à la honte ,
Et de rage écumant , mord le frein qui le dompte.

    Qu'est devenu ce peuple autrefois vertueux ?
Son courage étoit noble autant qu'impétueux ;
L'équitable François l'admiroit sans le craindre :
Ses guerriers expirans nous forçoient à les plaindre.
Anglois , vous fûtes grands dans vos malheurs passés ,
De notre estime enfin vous êtes - vous lassés ?
Où sont les sentimens que vous nous inspirâtes ?
Héros à Fontenoy , sur les mers vils pirates ,
Pour courir au pillage avec impunité ,
Vous joignez la bassesse à l'infidélité ;
Vous nous criez, *la paix* , et nous livrez la guerre !
Lâcheté jusqu'à vous inconnue à la terre :
Vous nous tendez les bras , vers vous nous accou-
    rons ;
Et vous nous trahissez quand nous vous secourons !
    Mais d'un peuple effréné ces horreurs sont l'ou-
    vrage :
En soupçonner son roi, c'est lui faire un outrage.
Roi d'Albion , Louis n'en appelle qu'à toi (2) :

---

(1) Les sauvages l'appellent *casse-tête.*
(2) Réquisition du roi.

Il en est tems encor, juge et prononce en roi;
Sois complice ou vengeur, autorise ou répare,
Choisis.... son choix est fait, et Fox (1) nous le
    déclare.
    Louis, ta gloire enfin n'a plus à balancer,
Et l'offense impunie invite à t'offenser.
Venge ton pavillon, venge ton diadême.
    O France, quels trésors n'as-tu pas en toi-même?
Que Londre a peu connu ta force et tes moyens!
L'honneur sous un monarque a fait des citoyens.
    Ame de nos conseils, ô puissante harmonie!
De l'état dans tes mains la force est réunie.
Tout n'a qu'un mouvement, qu'un centre, qu'une
    loi;
La France est un grand corps, dont le cœur est
    son roi.
Mais quel trouble imprévu s'éleve au sein de Londre?
Louis, dans ses projets tu viens de la confondre.
Si l'Autriche et la France ont dû se balancer,
S'affoiblir tour-à-tour, tour-à-tour s'abaisser,
C'étoit pour s'affermir dans un juste équilibre,
Et rendre en s'unissant le monde heureux et libre;
Aux desseins de Henri Louis a satisfait :
Il a fait ce qu'Armand dans ce siecle auroit fait.
    France, Autriche, vos noms enlacés par la gloire,
Enchaînés par la paix se suivront dans l'histoire ;
D'une sainte union symboles révérés,
Et du bonheur public présages assurés,
Ces noms en traits de flamme ornent le frontispice
Du temple de Janus (2) fermé sous leur auspice.

_____

(1) Réponse du ministre d'Angleterre.

(2) Quand cette épître a été composée, il y avoit
lieu de présumer qu'aucune puissance de l'Europe
ne seroit assez ennemie du bien public et de ses
intérêts particuliers, pour s'opposer aux vues pacifiques de la France et de l'Autriche.

REINE, l'amour du monde et l'exemple des rois,
De LOUIS triomphant digne émule autrefois,
De LOUIS désarmé plus digne amie encore,
Le François t'admira, désormais il t'adore.
Les sujets de LOUIS sont devenus les tiens.
Tes peuples à leur tour sont au nombre des siens.
Leur amour pour leurs rois vient de former leur
      chaîne.
Ils furent ennemis sans connoître la haine ;
Ils sont rivaux encor de gloire et de vertu,
Et s'aiment en héros, comme ils ont combattu.

   Rois amis des mortels, tranquilles républiques,
C'est pour vous que sont faits nos liens pacifiques ;
Sous les ailes de l'aigle, à l'ombrage des lis,
Goûtez des jours sereins par la paix embellis :
Tranquilles spectateurs, vous nous verrez combattre,
Sous ses coups imprévus l'Anglois croit nous abattre ;
Il ne sait point encor, même après Fontenoy,
Ce que peut le François lorsqu'il venge son roi.

   Londres t'a méconnue ; ton ardeur l'a trompée ;
Peuple autrefois l'ami de Rome et de Pompée,
Marseille, tu fais plus qu'on n'ose demander,
Et Richelieu n'a pas le tems de commander.
Huit soleils ont produit les travaux d'une année :
Tout est prêt, on fait voile, et Minorque étonnée,
Voit vingt mille guerriers s'élancer sur ses bords.
L'Anglois cherche en fuyant son salut dans ses forts.

   Là, tout ce qu'inventa la prudence guerriere,
Pour rendre une défense et longue et meurtriere,
Trois mille combattans sous un triple rempart,
Et la flamme et le fer, et la nature et l'art,
Nous avons tout à vaincre. Autour de ces murailles
La terre sous nos pas endurcit ses entrailles.
La bombe dans les airs s'élance en mugissant,
Le boulet vole, tombe et roule en bondissant ;
A travers les éclats du bronze et du salpêtre,
L'insatiable mort commence à se repaître ;

Le François l'envisage, et marche en l'insultant ;
La voix qui le commande est tout ce qu'il entend ;
Du front de Richelieu le calme et l'assurance
Sement autour de lui la joie et l'espérance ;
Il semble qu'il fait part, au milieu des combats,
De son génie aux chefs, de son cœur aux soldats.
    Sage et malheureux Bing, il est tems de paroître ;
Viens chercher ta ruine et ta honte peut-être.
Rome après la défaite honoroit la valeur :
Carthage en un héros punissoit le malheur :
Ta patrie a l'orgueil et la foi de Carthage :
Tremble ; elle peut encor l'imiter davantage.
Il combat ; et vaincu, préfere son devoir
A l'honneur dangereux d'un noble désespoir ;
Il fuit : mais contre nous sa flotte ramenée
Peut secourir encor Minorque abandonnée.
Non, François, ton ardeur saura la devancer,
Sans donner aux destins le tems de balancer.
Est-il pour ce torrent d'obstacle qu'il ne dompte ?
S'il ne peut renverser sa digue, il la surmonte.
Déjà Mahon chancelle et prévoit son malheur ;
Il résiste à la foudre, et cede à la valeur.
De l'Anglois consterné l'espérance est éteinte.
Ni de son triple fort la redoutable enceinte,
Ni le fossé profond qui nous tient séparés,
Ni les fourneaux sans nombre à nos pieds préparés,
Ni la foudre qui borde un mur inaccessible,
Ne lui semblent pour nous un obstacle invincible.
Il cede, il capitule, et les lis déployés
Il détourne en partant ses regards effrayés.
La méditerranée à l'Europe est rendue,
L'univers applaudit, et Londre est confondue.
    C'est ainsi que la honte est le fruit de l'orgueil.
Quand le crime est heureux, la terre est dans le deuil ;
La terre est dans la joie, alors que la victoire
Couronne la vertu des lauriers de la gloire.

                              MARMONTEL.

ÉPITRE
A MONSIEUR
LE C. DE BERNIS.

J'avois juré que , sur ma lyre ,
Je ne cadencerois jamais
Ni l'éloge , ni la satire.
J'avois juré que désormais
Ma muse fiere, sans rudesse ,
Ne présénteroit point de fleurs
Aux favoris de la Déesse
Qui nous séduit par ses faveurs,
Et dont l'inconstance traîtresse
Fait redouter à la sagesse
Le faîte glissant des grandeurs.
J'avois juré.... Vaine promesse !
Je romps aujourd'hui mon serment ,
Pour vous ; heureux et tendre amant
Des doctes nymphes du Permesse,
Pour vous ; favori de Plutus ;
Vous en qui le rang , l'opulence
Sont l'équitable récompense
Et des talens et des vertus.

Ne craignez pas que dans une ode,
J'aille , louangeur incommode ,
Vous assoupir par mon encens ;
Je me ris de ces fous lyriques ,
Qui , moins sublimes que pesans ,
Versent leurs pavots pyndariques

S

Sur les belles et sur les grands,
O volupté, tendre Déesse,
Inspire-moi ces sons flatteurs ;
Ces vers, enfans de la paresse,
Qui par les charmes séducteurs
D'une agréable négligence,
Méritent toujours l'indulgence
Des plus difficiles lecteurs.
  C'est sur ce ton que dans Cythere,
Couronné de myrte et de fleurs,
D'une voix flexible et légere,
Vous chantiez jadis ces trois sœurs,
De qui la nature est la mere,
Sans qui la beauté réguliere
N'a point de droits sur notre cœur,
Et qui souvent à la laideur
Donnent l'heureux talent de plaire.
Qui, mieux que vous, pouvoit vanter
Des *grâces* le charmant partage ?
Vous êtes fait pour les chanter,
Puisque vos vers en sont l'ouvrage.
  Sur la lyre d'Anacréon
Vous célébrez l'enfant volage,
Qui dans le printems de notre âge,
Est le tyran de la raison.
Vous chantez le Dieu de la table,
Celui des vers et des chansons ;
Vous peignez la muse adorable,
Qui, par un regard favorable,
Vous inspira les plus doux sons,
Et qui non moins tendre qu'aimable,
Rendit son cœur à vos leçons.
Oui, votre muse enchanteresse
Est l'amante de la beauté,
L'image de la volupté,
Et l'oracle de la sagesse.

Tome II.   **M**

La volupté peinte en vos vers,
N'est point cette idole pesante,
Qui, sur le Pinde languissante,
Est insensible à nos concerts ;
Qui, moins par goût que par foiblesse,
Exempte d'aimables desirs,
Languit au sein de la mollesse,
Et s'endort parmi les plaisirs :
C'est cette nymphe-sémillante,
Toujours vive, toujours brillante,
Qui, par les ris de la gaieté,
Et par les jeux de la folie,
Fait rire la mélancolie,
Et déride la gravité.
C'est la décence qui, sans cesse,
Par ses plaisirs comptant ses jours,
Boit dans la coupe des amours,
Le doux nectar de la sagesse.

Esclave d'un vieux préjugé,
En vain l'imbécille vulgaire,
Croit que, de tous soins dégagés,
Un poete n'est partagé,
Que du talent peu nécessaire,
De coudre et de rimer des mots ;
Mais vous joignez, malgré ces sots,
L'art d'être utile au don de plaire.

Tel on vit jadis Addisson,
Négocier la paix en France,
Pour le monarque d'Albion,
Et graver à jamais son nom ;
Par sa verve et son éloquence,
Dans les fastes de l'Hélicon.
Ou tel au temple de Thalie,
Destouches fronda nos travers,
Et fut utile à sa patrie
Par ses traités et par ses vers.
Tel au luth anacréontique

Vous joignez l'étude des lois :
Tel, vous délassant quelquefois
Par une chanson poétique,
Des graves soins de vos emplois,
On vous a vu, grand politique,
Soutenir avec tout le poids
D'une éloquence pathétique,
Et l'autorité despotique,
Et la justice de nos droits.
Oui, c'est vous, dont la main puissante,
Par une adresse bienfaisante,
Forma ce nœud si glorieux
Que l'Anglois craint et qu'il admire ;
Ce nœud qui vient de joindre entr'eux,
L'Espagne, la France et l'Empire.
Que ce premier de vos bienfaits,
Que ce lien qui nous rassemble,
Puisse réunir à jamais
Des peuples nés pour vivre ensemble !
C'est vous qui rendez à Thémis
Sa balance et son premier lustre ;
Par vous notre sénat illustre,
Verra ses droits plus affermis ;
Il va confondre la malice,
Rétablir l'ordre, la justice,
Et renverser nos ennemis.
    Mais tous ces bienfaits, dont la France
Conservera le souvenir,
Nous font entrevoir l'espérance
Du plus favorable avenir.
Oui, tandis que sur nos frontieres,
Le Dieu terrible des combats,
Au bruit des trompettes guerrieres,
Lance la foudre et le trépas :
Tandis que la voix de la gloire,
Dans les feux conduit nos guerriers,
Et que la main de la victoire

M 2

Couronne leurs fronts de lauriers;
Tandis qu'arbitres du tonnerre,
Les François unis aux Germains,
Ensemble s'ouvrent les chemins
De la Prusse et de l'Angleterre;
Nous verrons vos paisibles mains
Fermer le temple de la guerre,
Enchaîner la paix sur la terre,
Et rendre heureux tous les humains.
Nous vous verrons, à ma patrie,
Unir ces superbes Bretons
Dont nous admirons l'industrie,
Et qu'à regret nous combattons.
Nous vous verrons, nouveau Mécene,
Et même Horace quelquefois,
Elever aux plus hauts emplois,
Les heureux chantres de la Seine,
Et les charmer par votre voix.
Un'abondance légitime
Va circuler dans nos cités;
Les arts, soudain ressuscités,
Prendront le vol le plus sublime:
Le commerce banni des mers,
Que trouble le Dieu des ravages,
Rapportera sur nos rivages
Les richesses de l'univers.
La religion triomphante
De l'artifice des méchans,
Ranimera les tendres chants
De la piété renaissante;
Terrassera l'audacieux,
Couronnera les vœux du juste,
Et jusques au plus haut des cieux,
Elevera sa tête auguste.

BLIN DE SAINMORE.

ÉPITRE

A MONSIEUR
LE C. DE BERNIS;

APRÈS SA RETRAITE DU MINISTERE.

DAIGNEZ excuser la licence
Que, dans ses transports ingénus,
Le moins connu des inconnus
Prend vis-à-vis votre éminence,
D'oser lui porter les tributs,
Qu'à vos talens, qu'à vos vertus,
Doit offrir tout être qui pense.

Non, ce n'est point à la grandeur ;
A la puissance, à la splendeur,
Que j'offre mes foibles adages,
Et le poison adulateur
Jamais n'infecta mes hommages ;
Mais de loin votre adorateur,
De vos écrits admirateur,
Au modele des heureux sages,
A votre muse, à votre cœur,
A vos sentimens purs, sublimes,
Je présente en ces minces rimes
Un encens pour vous peu flatteur.

Ministre, je vous félicite
Aujourd'hui de ne l'être plus ;
D'être affranchi de la poursuite
Du courtisan qui sollicite,
Par mille placets superflus,

Des grâces, des faveurs d'élite,
Pour des services prétendus,
Et le plus souvent mal rendus.

Votre bonne étoile s'acquitte,
En vous rendant la faculté
De faire votre volonté :
Eh ! quel philosophe ne quitte
Pour un bonheur si souhaité,
Une gênante autorité,
Qui flatte moins qu'elle n'agite ?

Au poste où vous avoient porté
Tous les genres du vrai mérite,
On est fort craint, fort respecté :
Des cliens nombreuse est la suite,
Mais on y perd sa liberté.
Au surplus, la liste est petite
De bons amis de qualité.

D'ailleurs, dans la plus haute place,
Trouve - t - on la réalité
Du vrai bien, que le bon Horace,
Et tous les menins du parnasse,
Ont éternellement chanté ;
Par un trait souvent répété,
Toujours plein de goût et de grâce,
Bientôt il vous sera cité.

Que de veilles, que de fatigues
Ne troubloient point vos plus beaux jours,
Pour développer tant d'intrigues,
Pour caver de fautifs discours,
Dissiper mille sourdes brigues,
Concilier tant d'intérêts,
Et rompre les obscures ligues
Que tramoient des complots secrets ?

Dans ces pièges que savent tendre,
La ruse et les sophismes vains,
Ou pour corrompre, ou pour surprendre
Les cœurs, les esprits les plus sains ;

Votre franchise droite et pure ,
D'un coup-d'œil profond et léger ;
Par sa marche facile et sûre
Perçoit tout l'art de l'étranger.

Dans leurs projets , dans leurs systêmes ,
Vous imposiez à nos voisins ;
Vous éludiez leurs stratagêmes ,
Tandis que prévenant leurs fins ,
La sagacité de vos vûes
Barroit les routes inconnues
Qu'ouvroient leurs obliques desseins.

Vous étiez tout à la patrie ,
Et vous n'étiez jamais à vous :
La gloire a des momens bien doux ! . .
Mais cette gloire si chérie
Des ministres et des héros,
N'est qu'une fleur toujours nourrie ,
Loin des myrtes et des pavots.

« Heureux , dit l'ami de Mécene ,
» Celui qui sait vivre pour soi ,
» Qui ne reconnoît d'autre loi
» Que le doux penchant qui l'entraîne ;
» Qui ne cede qu'à ses desirs :
» Qui , loin des embarras du monde ,
» Jouissant d'une paix profonde ,
» N'a d'affaire que ses plaisirs ! »

Cette aimable philosophie
Ne se prend point dans nos traités
Avec l'antique Germanie ,
Ni dans la généalogie
De tant de souverains entés
Sur les rejettons transplantés
Du conquérant de l'Ausonie.

Les abstraites discussions
Des droits suspects des nations ,
Les alliances et les titres ,
A chercher dans des monumens ,

La plupart détruits par le tems ;
Dans des chartes, dans des registres ;
Que bien des fois les plus savans
Ne constatent que sur des vitres,
Sur des cloches, sur des tombeaux,
Ou sur quelques douteuses litres
Empreintes de vieux panonceaux. . . .
Telle est sur de sombres bureaux,
Bien souvent la tâche où s'applique
Un maître de la politique,
Pour accorder des rois rivaux.

Oh ! que ces mots froids de diete ;
De congrès, de junte secrete,
Sont barbares sur l'Hélicon !
Et que la diffuse logique,
Dont un agent grave se pique,
A peu de cours chez Apollon !
De cette ténébreuse étude,
Que n'inspirent point les neuf sœurs
Vous allez perdre l'habitude,
En laisssant à vos successeurs,
Au prix de vos longues sueurs,
Un travail moins sec et moins rude.

Vous rentrez dans vos doux loisirs :
Vos jours tissus de vrais plaisirs,
Dans le calme et dans l'opulence,
Du succès de tous vos desirs,
Répondent à votre EMINENCE.

Reprenez ces nobles crayons,
D'où partoient les brillans rayons,
Dont l'expression vive et pure,
Sait réaliser même encor,
Par votre magique peinture,
Tous les biens que, dans l'âge d'or,
Cybele offroit à la nature.

Peignez-nous cette volupté
Qui fait la gloire, la sagesse,

Et du lycée et du Permesse,
Sur laquelle l'homme entêté,
Par d'appas d'oisiveté,
Prend trop facilement le change:
Faites-nous aimer la vertu,
Si digne de notre louange;
Par votre muse, confondu
La vice à ses pieds abattu,
De nos illusions la venge.

Chantez la franchise et l'honneur,
De la raison toujours compagnes:
Les plaisirs purs, le vrai bonheur,
L'innocence de nos campagnes,
Et tant d'autres attraits divers
De la félicité des sages,
Que, dans vos magnifiques vers,
Solenniseront tous les âges.

Par votre lyre et vos haut-bois,
Rappelez ces grâces naïves,
Si séduisantes et si vives,
Que vous embellîtes cent fois,
Tantôt sous l'ombrage des bois,
Tantôt sur l'émail de nos rives;
Mais que l'esprit morne des lois
Depuis long-tems rend fugitives,
A l'aspect du trône des rois.

LE RETOUR D'APOLLON.

A M. LE C. DE BERNIS,

QUAND Apollon quitta les cieux,
Il apprit aux bergers à chanter sur la lyre,
Et les échos se plaisoient à redire
De son luth enchanteur les sons harmonieux.
Il trouva le bonheur dans un désert sauvage.
Se plaire en tous les lieux est le secret du sage :
Triomphant il revint s'asseoir au rang des dieux.
Là, faisant plus d'heureux, il le fut davantage ;
Il versa ses bienfaits sur cent peuples divers :
    Il avoit fait le bonheur d'un village,
Mais il fit dans les cieux celui de l'univers.
    On dit aussi, si l'on en croit l'histoire,
Qu'il fut sensible aux vœux des plus simples mortels,
Et qu'il n'oublia point, au faîte de la gloire,
Ceux qui, dans sa retraite, encensoient ses autels.
    O vous, en qui l'Europe admire
Le savoir et le rang, l'esprit et la bonté,
Illustre CARDINAL, c'est à vous de me dire
    Si c'est la fable, ou bien la vérité.

BLIN DE SAINMORE.

~~~~~~~~~~~~~~~~~~~~~~~~~~~~~~~~~~~~

VERS

Pour mettre au bas du PORTRAIT de S. E. M. le C. DE BERNIS.

Les talens, la naissance et l'éclat du génie,
  Ont fait seuls toute sa grandeur ;
  C'est dans les vertus de son cœur
Que les François liront l'histoire de sa vie.

L'abbé DE REYRAC.

FIN.

TABLE DES PIECES

Contenues dans ce second Volume.

Fin de la Table.

www.ingramcontent.com/pod-product-compliance
Lightning Source LLC
Chambersburg PA
CBHW070759280626
47162CB00016B/1551